Renate Welsh

Ohne Vamperl geht es nicht

AF638458

@ Jacqueline Godany

Renate Welsh lebt als freie Schriftstellerin in Wien. Für ihre Kinder- und Jugendbücher hat sie neben zahlreichen anderen Auszeichnungen mehrfach den Österreichischen Staatspreis, den Preis der Stadt Wien und den Deutschen Jugendliteraturpreis erhalten. Mit dem ›Vamperl‹ schuf Renate Welsh einen der beliebtesten Klassiker der Kinderliteratur.

@ privat

Heribert Schulmeyer, geboren 1954, zeichnet schon seit seinem zwölften Lebensjahr. Er studierte an der ehemaligen Kölner Werkschule im Fachbereich Illustration und Freie Grafik und lebt heute als freier Illustrator in Köln.

Renate Welsh

Ohne Vamperl geht es nicht

Mit Bildern von
Heribert Schulmeyer

dtv

Von Renate Welsh sind außerdem bei dtv junior lieferbar:
Das Vamperl
Vamperl soll nicht alleine bleiben
Wiedersehen mit Vamperl
Das große Buch vom Vamperl

MIX
Papier | Fördert gute Waldnutzung
FSC® C083411

Ungekürzte Ausgabe
6. Auflage 2023
2017 dtv Verlagsgesellschaft mbH und Co. KG, München
© 2010 dtv Verlagsgesellschaft mbH & Co. KG, München
Umschlagbild: Heribert Schulmeyer
Gesetzt aus der Fibelschrift
Satz: Greiner & Reichel, Köln
Druck und Bindung: CPI books GmbH, Leck
Printed in Germany · ISBN 978-3-423-71756-4

Lass das, Purzel!

Frau Lizzi saß mit aufgestützten Ellbogen am Küchentisch. Vor ihr lag die Zeitung von gestern, aber kaum hatte sie eine Überschrift überflogen, setzte sich Purzel mitten auf den Artikel, den sie lesen wollte.

Sie schimpfte. Er grinste.

Sie schubste ihn weg. Er rutschte zurück.

»Kann ich nicht ein einziges Mal in Ruhe lesen, was auf der Welt passiert?«

Er schüttelte den Kopf und blies eine Spuckeblase.

»Wenn du so weitermachst, dann …« Sie drohte ihm mit dem Finger.

Er rieb seinen kleinen runden Kopf an ihrem Daumen.

»Du glaubst, du kannst mit mir machen, was du willst«, brummte sie.

Er kitzelte ihre Handfläche mit einem Flügel.

Frau Lizzi seufzte. Was hatte sie sich da angetan mit Vamperls Sohn? Warum hatte sie nicht darauf bestanden, dass er mit Vamperl, Vamperlina und Schnurzel nach Transsilvanien fuhr? Ein ruhiges Leben hätte sie haben können, wie es sich gehörte für eine alte Frau.

Die Wohnungstür flog auf, krachte gegen den Küchenkasten. Hannes kam hereingestürmt. »Unsere Englisch-Miss spinnt!«, rief er. »Die ist nicht ganz dicht, ehrlich. Morgen will sie zwei Seiten Vokabeln prüfen!«

Er schleuderte das Vokabelheft über den Tisch. Purzel jaulte auf und steckte seinen linken Fuß in den Mund.

»Wann hat sie euch das aufgegeben?«, fragte Frau Lizzi. »Vorgestern? Oder vorvorgestern?«

Hannes warf ihr einen bösen Blick zu. »Sie sind herzlos«, sagte er.

Frau Lizzi nickte. »Ich weiß. Und jetzt gib das Heft her. Ich prüfe dich ab.«

»Sie können doch gar kein Englisch«, blaffte er.

Sie musterte ihn streng. »Aber lesen kann ich!«, trumpfte sie auf.

Er setzte sich auf den Hocker wie auf eine Anklagebank.

»Also dann. *Genug?*«

»Wieso genug? Keinen Krümel hab ich bekommen und hab einen Riesenhunger!«

Frau Lizzi grinste. »In zehn Minuten können wir essen. Bis dahin geht sich eine Seite Vokabeln aus. Noch einmal: *genug?*«

»*Inaff*«, brummte Hannes.

Was war in Frau Lizzi gefahren? Sonst gab es nichts Wichtigeres auf der Welt, als ihm einen vollen Teller vor die Nase zu stellen, sobald er aus der Schule kam. Gleich nach Vamperls Abreise hatte sie zu seiner Mutter gesagt: »Ab heute isst Hannes bei mir. Dann lohnt es sich wenigstens zu kochen. Und ich kann mich ein bisschen um seine Hausaufgaben kümmern.«

Frau Lizzi schüttelte den Kopf.

»Das heißt aber *inaff*«, beharrte er.

»Warum steht dann hier *e-n-o-u-g-h*, wenn es *inaff* heißt? So ein Blödsinn.«

»Eben. Sagen Sie das der Englisch-Miss!«

Später am Nachmittag klopfte es zart an die Wohnungstür.

Hinter einem riesigen bunten Blumenstrauß tauchte der schüttere Schopf von Professor Obermeier auf.

Frau Lizzi hob hastig die Füße aus der Wasch-

schüssel, Wasser schwappte auf den Küchenboden.
»Oh, Verzeihung, ich sehe, ich störe …«, stotterte der Professor.
Er rammte Frau Lizzi den Blumenstrauß ins Gesicht, ihre Brille und ihre Nase wurden gelb vom Blütenstaub. Als er sah, was er angerichtet hatte, fiel er in sich zusammen und rang die Hände.
Frau Lizzi fing an zu kichern. Sie stellte den Blumenstrauß in einen Kochtopf, für ihre Vasen war er viel zu groß. Dann putzte sie ihre Brille.
Sogar Professor Obermeier musste lächeln, als er ihre gelbe Nase sah.
Frau Lizzi füllte die Kaffeemaschine. Ihr Blick fiel auf ihre nackten Füße. Ihre Zehennägel gehörten geschnitten.
»So setzen Sie sich doch endlich«, herrschte sie den Professor an. »Nicht einmal einen Kuchen kann ich Ihnen anbieten …«
Der Professor zog eine Schachtel Bonbons aus

seiner Jackentasche. »Die hätte ich glatt vergessen«, murmelte er.

Der Kaffee zischte in die Kanne und füllte die Küche mit seinem Duft. Frau Lizzi erwischte die Milch gerade zum richtigen Zeitpunkt, um sie zu Schaum zu schlagen. Erleichtert atmete sie auf und setzte sich mit den anderen an den Tisch.

Purzel zupfte Fäden aus dem Vorhang, leckte sie gründlich ab und drehte sie zu Kugeln, die er ordentlich auf die Gardinenstange reihte. Als Frau Lizzi zu ihm hochblickte, saß er mit gefalteten Flügeln und schief gelegtem Kopf da wie ein kleiner Engel und winkte.

Der Professor rutschte auf seinem Sessel hin und her. »Was soll denn das?«, ermahnte er sich lautlos. »Du bist doch sonst nicht so schüchtern. Du bist der Chef.« Er atmete tief ein, öffnete den Mund – und machte ihn gleich wieder zu.

Hannes schlürfte seinen Milchschaum mit einem Schluck Kaffee drin und wunderte sich, dass ein richtiger Professor genauso verlegen sein konnte wie ein Schüler, der seine Hausaufgaben nicht gemacht hatte. Und was zuckte da in Frau Lizzis Mundwinkeln?

Der Professor hielt schon die ganze Zeit ein Bonbon in der Hand. Plötzlich bemerkte er, dass seine Finger mit Schokolade verschmiert waren.

Frau Lizzi bekam Mitleid mit ihm und reichte ihm ein Blatt von der Küchenrolle.

»Oh! Danke schön, tausend Dank!«

»Tausend ist ein bisschen zu viel«, sagte sie ernst.

Er kratzte sich am Kopf. »Also, ich wollte ja wirklich nicht stören, ich wollte mich nur erkundigen, wie die Reise war.«

»Aufregend«, sagte Frau Lizzi.

Der Professor wurde blass. »Das ... das habe ich befürchtet ...«

Purzel holte weit aus, zielte und traf mit dem

ersten Kügelchen die Nase, mit dem zweiten die Stirn des Professors. Das dritte streifte sein Ohrläppchen. Der Professor wischte mit der Hand über sein Gesicht, dann blickte er hoch.
»Ja, hallo, Vamperl!«, rief er erstaunt.
Purzel zeigte ihm eine lange Nase.
»Frechdachs«, schimpfte Frau Lizzi. »Komm sofort herunter und entschuldige dich!«
Purzel stürzte sich von der Vorhangstange, machte einen Purzelbaum in der Luft und landete auf dem Knie des Professors. Er verbeugte sich und legte die rechte Hand aufs Herz.

»Das ist Purzel, der Sohn von Vamperl und Vamperlina«, stellte Frau Lizzi ihn vor.
Der Professor streckte ihm einen Finger entgegen. »Freut mich«, sagte er, »freut mich sehr.«
Frau Lizzi murmelte: »Warten Sie, bis Sie ihn kennenlernen!«
Purzel verzog sein kleines Gesicht.
Frau Lizzi steckte ein drittes Bonbon in den Mund, dann begann sie zu erzählen. Sie erzählte von ihrer Suche nach Vamperl, von den Erlebnissen in Draculas Schloss, von der seltsamen Reisegesellschaft, von den Diebstählen und schließlich auch von dem Besuch in dem verlassenen Dorf.
Der Professor rang die Hände.
Purzel flatterte zu Hannes, stellte sich auf sein linkes Knie und machte alle Bewegungen des Professors nach. Hannes musste lachen und bekam einen strengen Blick von Frau Lizzi.
»So lustig war das auch wieder nicht«, schimpfte sie und fuhr fort: »Ich war ja ziemlich sicher,

dass ich das Rätsel der Diebstähle gelöst hatte. Aber ich hatte keine Beweise, verstehen Sie? Die Kommissare müssen doch auch immer Beweise finden. Ich wollte nur kurz allein sein und nachdenken, und da war dieses leere Haus, das hat mich irgendwie angezogen mit seinen Spinnweben und so. Seit ich Vamperl gefunden habe, sind Spinnweben für mich ... Wie soll ich sagen? Eben anders, verstehen Sie? Nein? Macht auch nichts. Man kann nicht alles verstehen, hat schon meine Großmutter gesagt.

Ich bin einfach hinaufgegangen, die Stiegen haben laut geknarzt, als müssten sie mir etwas mitteilen. Also, ich bin ja nicht abergläubisch, aber da hatte ich wirklich so etwas wie eine Vorahnung, allerdings hab ich nicht erwartet, was dann gekommen ist.

Oben auf dem Dachboden waren noch mehr Spinnweben, wunderschön, richtige Kunstwerke, wirklich, wenn man einmal ein Auge dafür entwickelt hat. Ich stand also da und dachte natürlich an Vamperl, und plötzlich stand er hinter mir und redete vom Altar der Wissenschaft und dass er nicht zögern würde, mich zu opfern, ich wäre nämlich mit den Mächten der Finsternis im Bunde …«

Der Professor sprang auf. »Er? Wer?«

»Den Namen werde ich Ihnen ganz bestimmt nicht sagen, mein Lieber, und wenn Sie mich unterbrechen, erfahren Sie den Rest der Geschichte nicht.« Frau Lizzi verschränkte die Arme vor der Brust.

Der Professor lief um den Tisch, zur Tür, zum Fenster und wieder zurück.

»Ich bitte Sie, setzen Sie sich! Sie machen mich ja ganz konfus. Außerdem: Denken Sie an Ihren Blutdruck!«

Lammfromm ging er zu seinem Stuhl zurück, setzte sich, stützte die Ellbogen auf den Tisch und faltete die Hände.

»Also, ein schlechter Mensch ist er nicht«, fuhr Frau Lizzi fort. »Nur total vernarrt in seine Geis-

ter und Gespenster und was weiß ich, und er will partout beweisen, dass dieser ganze übernatürliche Kram das Natürlichste auf der Welt ist oder so ähnlich. Auf jeden Fall braucht er Geld für die Forschung. Besser gesagt für das, was er als Forschung betrachtet. Und deshalb hat er die Perlen und das kiloschwere Goldarmband gestohlen. Verstehen Sie jetzt?«

»Nein«, sagte der Professor bedauernd.

Hannes nickte ihm zu. Er kannte sich selbst noch immer nicht wirklich aus, obwohl er die Geschichte schon zweimal gehört hatte.

Frau Lizzi zuckte mit den Schultern. »Tut mir leid, ich kann es nicht besser erklären, ich war ja auch ziemlich aufgeregt, und auf jeden Fall kam dann sowieso mein lieber Vamperl und hat alles in Ordnung gebracht. Nicht einmal einen blauen Fleck hab ich davongetragen, ich konnte nur ein paar Tage lang schlecht schlucken und war ein bisschen heiser. Wenn einer von uns wirklich arm dran war, dann war er es.«

Hannes sagte leise: »Das kann ich mir vorstellen.«
Frau Lizzi drohte ihm mit erhobener Hand.
Der Professor stöhnte.
»Also, Vamperl hat ihm einen tüchtigen Schluck Gift aus der Galle gesaugt, und dann war der arme Mensch so entsetzt über sich selbst, dass er gleich zur Polizei laufen und ein Geständnis ablegen wollte. Ich hab ihm verbieten müssen, auch nur ein Wort zu sagen, ganze vierundzwanzig Stunden lang hatte er Redeverbot. Sie können sich nicht vorstellen, wie schwer ihm das fiel!
Von da an ist er hinter mir hergelaufen wie ein Hund, hat meinen Koffer geschleppt und wollte am liebsten auch meine Tasche tragen, aber die hab ich natürlich nicht aus der Hand gegeben. Da war ja Vamperl drin mit seiner ganzen Familie.«
Purzel hüpfte auf ihren Kopf und begann, Zöpfchen in ihre Haare zu flechten.

»He, du Mistkerl«, sagte sie zärtlich. Sie wandte sich an den Professor. »Ganz der Vater, finden Sie nicht auch, Herr Professor?«

Die Stimme des Professors klang dünn und hoch.

»Richtig. Sehr gut. Setzen! Der Nächste bitte.«

Purzel legte beide Daumen an seine Ohren und wackelte mit den Fingern.

Hannes fragte sich, ob der Professor den Verstand verloren hatte. Oder glaubte er, er wäre in seiner Klinik und hätte einen seiner Studenten geprüft?

»Sie brauchen einen Schnaps«, stellte Frau Lizzi fest. »Am besten meinen selbst angesetzten Nusslikör, der hilft in allen Lebenslagen.«

Der Professor nickte gehorsam und trank das Gläschen mit einem Schluck leer.

»Sie machen wirklich schlechte Erfahrungen mit der Wissenschaft«, sagte er.

Frau Lizzi schüttelte den Kopf. »Nicht mit der Wissenschaft an sich, nur mit manchen Wissenschaftlern.«

Der Professor sah sie voll Bewunderung an.

»Übrigens«, sagte sie und zeigte mit ausgestrecktem Finger auf Hannes, »dieser junge Mann behauptet, genug heißt auf Englisch *inaff* und nicht *en-ou-gh.*«

Dem Professor war es sichtlich peinlich, dass er Hannes recht geben musste.

Dann murrte Frau Lizzi auch noch: »Klar, die Männer müssen zusammenhalten.«

Als sie sah, wie unglücklich er war, tätschelte sie seine Hand und erklärte: »Das war ein Scherz, Professor!«

»Ich wollte, Sie würden Willibald zu mir sagen.«
»Ja, Professor.«
In der Jackentasche des Professors begann ein schrilles Klingeln. Er zog sein Handy heraus. Frau Lizzi und Hannes staunten über die Veränderung, die mit ihm vorging, sobald er sich gemeldet hatte. Von einem Moment zum nächsten verwandelte sich der verlegene Mensch, der nicht wusste wohin mit seinen Armen und Beinen, in den tatkräftigen Leiter eines Krankenhauses.
Er verabschiedete sich und bekam von Frau Lizzi eine Einladung zum Apfelstrudel mit auf den Weg.
Purzel blies die Backen auf und stieß die Luft ganz langsam aus.
Frau Lizzi rümpfte die Nase. »Purzel, schäm dich!«
»Das war nicht, was Sie glauben«, sagte Hannes.
Frau Lizzi griff nach seinem Vokabelheft. »Umso

schlimmer. Also weiter im Text. Wir haben noch eineinhalb Seiten.«

Hannes stöhnte. »Sie sind ärger als die Englisch-Miss!«

»Armer Bub«, sagte Frau Lizzi. »Du tust mir ja so leid.«

Ausnahmsweise protestierte Hannes nicht, als seine Mutter ihn eine Stunde später abholen kam. Purzel winkte ihm nach, dann flatterte er in die Küche und setzte sich aufs Fensterbrett. Frau Lizzi legte die Zeitung auf den Tisch und begann zu lesen. Eine Nachricht machte sie wütend.

»Hör dir das an!« Sie blickte auf und sah das Gesicht, das Purzel mit Ketchup aufs Küchenfenster gezeichnet hatte. Abwechselnd schimpfte sie über Purzel, über die Zeitung, über die Politiker und die Weltlage im Allgemeinen.

Purzel fand seine Zeichnung sehr schön. Er zog einen Flunsch und verschmierte den lachenden Mund auf dem Fenster zu einem grantigen.

»Ach, Purzel«, murmelte Frau Lizzi, »wie soll das denn mit uns weitergehen? Du hast nichts als Unfug im Kopf, ich bin schon zu alt für so viel Aufregung, und dabei werde ich noch von Tag zu Tag älter.«

Leider nein, lieber Professor

Von nun an streckte Frau Lizzi die Hand nach seinem Vokabelheft aus, sobald Hannes nach dem Mittagessen die Gabel weglegte, und begann, ihn zu prüfen. Sogar dann, wenn er gar keine Vokabeln aufhatte. Bald musste sie nicht mehr ins Heft schauen.

»Vielleicht lerne ich auf meine alten Tage noch Englisch«, sagte sie zu Purzel, der wie früher sein Vater vor dem offenen Fenster saß. Das war aber die einzige Ähnlichkeit.

Vamperl war losgeflogen, sobald sich Autofahrer in die Quere kamen, noch bevor sie auch nur ein Wort sagen konnte.

Purzel aber hüpfte auf dem Fenstersims herum und hatte seinen Spaß an dem Geschimpfe und Gehupe.

»Du führst dich auf wie die Zuschauer beim Freistil-Ringen!«, schimpfte Frau Lizzi.

Seit Frau Lizzis Rückkehr von der Reise nach Transsilvanien stand Professor Obermeier jeden Samstag pünktlich um halb vier vor der Tür mit einem Blumenstrauß und einer Schachtel Bonbons. An diesem Samstag aber kam er schon um drei. Die Buchteln im Backrohr waren noch blass und teigig. Der Tisch war nicht gedeckt, der Kaffee nicht einmal aufgestellt.
»Liebe Frau Lizzi«, begann der Professor feierlich.

Sie wischte mit einem Tuch über einen Küchenstuhl. »Gleich, Herr Professor, ich muss erst einmal …«

Er hob die Hand. »Nein, liebe Frau Lizzi, alles hat seine Zeit. Jetzt muss ich Sie bitten, sich zu setzen!«

Nanu?, dachte Frau Lizzi. Was ist jetzt los?

Aber weil der Professor ohnehin vor der Küchenkredenz stand und sie nicht die Tassen herausnehmen konnte, ohne ihn aus dem Weg zu schieben, setzte sie sich.

Er trat neben sie, holte tief Atem und stieß hervor: »Darf ich Sie um Ihre Hand bitten?«

Sie reichte ihm die Hand. »Wollen Sie meinen Puls zählen?«

Er schnaubte. »Ach, liebe Frau Lizzi, Sie machen es mir wirklich schwer!« Mit einem unterdrückten Stöhnen ging er in die Knie.

»Liebe Frau Lizzi«, begann er wieder und sprach ganz schnell weiter, weil er fürchtete, sie könnte ihn wieder unterbrechen und völlig aus dem

Konzept bringen. Zu Hause hatte seine Rede recht gut geklungen.
»Ich möchte Sie bitten, meine Frau zu werden. Ich bin nicht mehr jung, es gibt gewiss Schönere als mich, aber ich verspreche, Sie zu lieben und zu ehren und Ihnen ein guter Mann zu sein.«
Frau Lizzi starrte ihn an. »Mein lieber Professor …«
»Willibald«, sagte er. »Bitte nennen Sie mich doch Willibald!«
»Na gut. Warum wollen Sie unbedingt heiraten, Willibald?«
»Weil ich Sie liebe! Weil Sie eine wunderbare Frau sind. Weil ich … weil ich Sie heiraten will!«
Frau Lizzi seufzte. Sie strich seine Haare nach links und dann nach rechts.
»Stehen Sie doch erst einmal auf, bitte!«
Er versuchte es, aber es gelang ihm nicht. Sein rechtes Bein knickte immer wieder ein.
Frau Lizzi packte seine Hände und zog ihn hoch.

Er stöhnte, im selben Augenblick schrie sie auf.
»Au, mein Kreuz!«
Jetzt standen beide. Sie presste die Hände in ihren Rücken, er presste die Hände in seinen Rücken. Beide stöhnten, dann fingen sie gleichzeitig an zu lachen.
»Sind wir nicht ein schönes Paar?«, fragte sie.
Ihr Blick fiel auf die Buchteln hinter der Glasscheibe des Backrohrs. »Wie soll ich die jetzt heraus nehmen?«, murmelte sie. »Ich glaube nicht, dass ich mich bücken kann.«
Der Professor schüttelte traurig den Kopf. »Ich auch nicht …«
Gerade in dem Augenblick ging die Tür auf, Hannes stürmte herein, schaute von ihr zu ihm und von ihm zu ihr.
»Was ist denn hier los?«
Er schob zuerst ihr und dann ihm einen Stuhl unter den Popo und half ihnen beim Hinsetzen. Er holte die Buchteln aus dem Rohr, dann rannte er hinauf in den dritten Stock, kam mit zwei

Wärmeflaschen zurück und schob zuerst ihr und dann ihm eine hinters Kreuz. »So, und jetzt mach ich Ihnen Kaffee.«

Frau Lizzi und der Professor saßen sehr betreten da.

»Willibald«, sagte sie, »ich fürchte, die Heiraterei ist keine so gute Idee. Aber ich mach Ihnen einen Vorschlag: Ich backe Ihnen einen Apfelstrudel. Mit Rosinen und Nüssen und selbst ausgezogenem Teig.«

Er sah sie traurig an. »Ich liebe Ihren Apfelstrudel, aber selbst der ist kein Ersatz.«

»Wer redet denn von Ersatz?«, fragte sie. »Wir können eine Menge miteinander machen, nur zum Heiraten sind wir zu alt.«

»Sie lieben mich nicht«, stellte er traurig fest.

»Ich hab Sie sehr gern«, sagte sie. »Wirklich!«

Er griff nach ihrer Hand.

Purzel schmatzte Küsse in die Luft und flog in engen Kreisen um ihre beiden Köpfe.

»Mistkerl«, sagte Frau Lizzi.

Mit einem doppelt gedrehten Salto sprang Purzel von der Vorhangstange und landete auf Frau Lizzis Schoß. Er rollte sich zusammen wie eine kleine Katze und schnarchte.

Der Professor wollte etwas sagen, Frau Lizzi legte ihm einen Finger auf den Mund. »Pst! Er schläft.«

Der Professor spürte Frau Lizzis warmen Finger auf seinen Lippen und schielte vor Glück.

Hannes spülte die Kaffeetassen ab.

Purzel blinzelte, schnellte hoch, flog durch die Küche und zwickte Hannes ins linke und dann ins rechte Ohrläppchen.

»He, Mann, spinnst du?«, rief Hannes.

»Purzel!«, rief Frau Lizzi entsetzt. »Lass das!«

Der Professor fuhr sich mit dem Taschentuch über die Stirn.

Purzel lachte, flog zur Vorhangschnur und begann, wild zu schaukeln.

»Komm sofort herunter!«, rief Frau Lizzi.

Purzel zeigte ihr eine lange Nase und streckte die Zunge heraus.

Frau Lizzi sprang auf. Ihre Beine knickten ein, sie konnte sich gerade noch an der Tischkante festhalten. Hannes sprang herzu und führte sie zu ihrem Stuhl.

Purzel flog zu ihr, schmiegte sich in ihre Hals-

grube, schmatzte feuchte Küsse in ihre Hand und fiepte.
Frau Lizzi bemühte sich um einen strengen Ton. »So geht das einfach nicht, Purzel! Wie kann ich dich hier behalten, wenn du so schlimm bist? Hannes ist doch dein Freund! Schau nur, was du mit seinen Ohrläppchen angestellt hast! Knallrot sind sie und tun bestimmt furchtbar weh.«
Hannes nickte.
Purzel legte den Kopf schief.
»Versprichst du mir, dass du brav sein wirst?«
Purzel nickte heftig.
Der Professor musterte ihn mit besorgten Blicken. Purzel drehte ihm den Rücken zu und steckte seinen Kopf in Frau Lizzis Armbeuge.
»Zeit, schlafen zu gehen«, sagte sie und zu ihrer großen Überraschung flog Purzel ohne Widerrede in sein Bett. Hannes deckte ihn zu.
Der Professor griff nach Frau Lizzis Hand.
Als gleich darauf Frau Müller an die Tür klopfte, zog er seine Hand schnell zurück.

»Hoffentlich war er nicht lästig«, sagte Frau Müller besorgt.
»Ganz im Gegenteil«, sagte Frau Lizzi. »Ich weiß gar nicht, was ich ohne ihn gemacht hätte. Mein Kreuz spielt wieder verrückt.«
Frau Müller lächelte zufrieden und ein bisschen ungläubig. »Wie schade, dass ich diesen perfekten Knaben nie zu Gesicht bekomme, von dem Sie immer reden, Frau Lizzi. Na dann, gute Nacht!« Sie schob ihren Sohn aus der Wohnung.

Der Professor griff wieder nach Frau Lizzis Hand und drückte sie.
»Warum schauen Sie so besorgt?«, fragte sie.
Er schüttelte den Kopf, sein Brustkorb hob und senkte sich.
Frau Lizzi wurde ungeduldig. »Heiraten wäre wirklich keine gute Idee, glauben Sie mir! Abgesehen von allem anderen schnarche ich. Die Frau Maringer beklagt sich oft und oft, sie behauptet, sie hört mich jede Nacht, obwohl ja zwi-

schen ihrer und meiner Wohnung das ganze Stiegenhaus liegt.«

Der Professor seufzte.

Frau Lizzi gab seiner Hand einen Klaps. »Ach, jetzt machen *Sie* es mir schwer!«

Er holte tief Atem. »Ich mach mir Sorgen wegen Purzel.«

»Unsinn! Er ist einfach in einem schwierigen Alter. Waren Sie nie in einem schwierigen Alter, Professor?«

»Nennen Sie mich doch Willibald, bitte!«

»Schön, also: Willibald, waren Sie nie in einem schwierigen Alter?«

Er zuckte mit den Schultern. »Ich … ich weiß nicht.«

»Mein Gott, Sie Armer!«

Frau Lizzi zog den Kopf des Professors an sich und streichelte ihn. Er war in einer höchst unbequemen Lage und dennoch strahlte er übers ganze Gesicht. Frau Lizzi tätschelte seine Wange.

»Willibald, dann ist es allerhöchste Zeit, dass Sie im schwierigen Alter ankommen. Sonst ist es womöglich zu spät und Sie haben wirklich etwas verpasst.«

Nach einem heldenhaften Kampf gegen sich selbst setzte sich der Professor gerade hin. »Es geht um … Also, ich fürchte, es könnte gefährlich werden für Sie, Purzel hier in der Wohnung zu haben! Ich meine, er ist zwar Vamperls Sohn, aber trotzdem …«

Frau Lizzi war so empört, dass sie aufstand und mit beiden Fäusten auf den Tisch schlug. »Purzel wird mir nie etwas antun!«

Der Professor zeigte stumm auf seine eigenen Ohren.

Frau Lizzi schaute verschreckt. »Aber Sie wissen doch, wie kleine Buben sind, die raufen eben manchmal …«

»Das war kein Raufen, das war ein Überfall!« Der Professor stand mühsam auf, humpelte durch die Küche und beugte sich über den schlafenden

Purzel. Lange stand er so, dann richtete er sich mit beiden Händen im Rücken auf.
»Mir ist einfach nicht wohl bei dem Gedanken, was passieren könnte.«
Frau Lizzi zeigte auf Purzel, der mit dem Daumen im Mund schlief. »Schauen Sie ihn doch an! Vor dem soll ich Angst haben? Übrigens bin ich todmüde.«

Der Professor verabschiedete sich mit vielen Entschuldigungen, dass er zu lange geblieben war. Er hatte die Hand auf der Türklinke, als er sagte: »Ich wäre dankbar, wenn Sie die Tür zwi-

schen Zimmer und Küche geschlossen hielten. Nur für alle Fälle.«

»Jaja«, murmelte sie ohne rechte Überzeugung. Sie wollte sich endlich ausstrecken und ihre Ruhe haben.

Früher, in der Zeit vor Vamperl, hatte sie manchmal bedauert, dass sich in ihrem Leben so gar nichts ereignete. Gab es nicht einen chinesischen Fluch, der so ungefähr lautete: Mögest du in interessanten Zeiten leben?

Chaos im Supermarkt

Frau Lizzi setzte den Strohhut auf und steckte einen zweiten Beutel in ihre Einkaufstasche. Sie war so lange nicht einkaufen gegangen, dass die Liste der unbedingt notwendigen Dinge weit länger war als gewöhnlich. Purzel fiepte aufgeregt, er freute sich darauf, endlich wieder einmal ins Freie zu kommen. In der Wohnung war ihm langweilig, besonders seit Frau Lizzi so viel Zeit damit verbrachte, im Lehnstuhl zu sitzen und einen Pullover mit sehr kompliziertem Muster für Hannes zu stricken.

Im Supermarkt hatten sie wieder einmal alles umgeräumt. Frau Lizzi suchte Mehl und Zucker, die waren doch immer in der zweiten Reihe gewesen. Schließlich fragte sie eine der Frauen, die Nachschub in die Regale räumten. Die sagte schnippisch: »Direkt vor Ihrer Nase, da unten.«

Frau Lizzi spürte einen Stich im Rücken, als sie sich bückte. Alles, was man wirklich braucht, verstecken sie, ärgerte sie sich.
Einen Augenblick später rammte ein Einkaufswagen ihre rechte Ferse. Scheußlich weh tat das. Und Purzel turnte so wild unter ihrem Hut herum, dass sie Angst bekam, er könnte abrutschen.
An der Kasse warteten nur zwei Frauen, aber in ihren Einkaufswagen türmten sich die Lebensmittel, als stünde eine Hungersnot bevor. Neben der Jüngeren zappelte ein kleines Mädchen von einem Bein aufs andere. »Mama, ich muss Lulu!«
»Du musst ein bisschen warten«, sagte die Mutter.
»Ich muss aber!«
Die Mutter legte ihre Einkäufe aufs Fließband. Das Kind zupfte an ihrem Ärmel. Eine Flasche fiel auf den Boden und zerbrach. Ein stechender Geruch breitete sich aus.

Die Kassiererin verdrehte die Augen und seufzte. Das kleine Mädchen begann zu kreischen, zu seinen Füßen breitete sich eine zweite Pfütze aus.
Die Mutter hatte rote Flecke im Gesicht und hob die Hand.
»Purzel«, flüsterte Frau Lizzi. »Purzel, bitte, tu was!«
Purzel rührte sich nicht.
Frau Lizzi nahm den Hut ab und setzte Purzel auf ihre Hand. »Schau doch!«
Purzel beugte sich vor und betrachtete interessiert die wütende Mutter und das schluchzende Kind.
Frau Lizzi versetzte Purzel einen Schubser, der ihn direkt vor die Galle der Mutter lenkte. »Los, Purzel!«
Purzel schwebte vor dem Bauch der Mutter wie ein großer Kolibri.
»Ach, Vamperl!«, rief Frau Lizzi verzweifelt. »Vamperl, wenn du doch hier wärst!«

Die Kassierin und alle Kundinnen glotzten Frau Lizzi an.
Eine Frau flüsterte: »Sollte man nicht einen Arzt rufen? Oder die Polizei?«
Eine andere zückte ihr Handy, steckte es aber wieder ein und murmelte: »Gefährlich sieht sie ja nicht aus.« Niemand beachtete die Mutter und das kleine Mädchen.
Die Mutter war knallrot im Gesicht. Sie schüttelte die Kleine hin und her.
Plötzlich stieß Purzel zu und begann zu saugen. Nach zwei, drei Schlucken spuckte er in hohem Bogen aus und versprühte gelbgrüne Tupfen auf die rosarote Bluse der Frau.
Dann flog er zu Frau Lizzi zurück und rieb seine Schnauze an ihrem Ärmel. Sie strahlte ihn an. Er grinste, bevor er blitzschnell in ihrem Jackenärmel verschwand. Sie

spürte, wie er vergnügt zappelte, und hörte ihn kichern.
Die Mutter nahm ihr kleines Mädchen auf den Arm und wiegte es hin und her, bis es aufhörte zu schluchzen.
Die Kassiererin tippte die Einkäufe ein, die Mutter entschuldigte sich wegen der Flasche.
»Machen Sie sich nichts draus, so etwas kann passieren«, sagte die Kassiererin. »Kinder sind Kinder.«
»Fratzen sind sie«, mischte sich eine andere Frau ein. »Ungezogene Fratzen!«
Purzel kroch im Jackenärmel so weit vor, dass er den Kopf herausstrecken und wilde Grimassen schneiden konnte. Die Frau nahm ihre Brille ab und rieb sich die Augen. Purzel zerkugelte sich so über ihr entsetztes Gesicht, dass er beinahe abgerutscht und hinuntergefallen wäre.
Plötzlich erinnerte sich Frau Lizzi, dass sie keine Zitronen zu Hause hatte. Sie wendete ihren Einkaufswagen. Als sie an der Fleischabteilung

vorbeiging, schnitt gerade ein Verkäufer eine große Scheibe Blutwurst ab. Mit drei schnellen Flügelschlägen war Purzel bei ihm und nibbelte wild an der Blutwurst.

»He!«, schrie der Verkäufer. »Was war das?«

Der junge Mann, der auf seine Blutwurst wartete, hatte Stöpsel im Ohr und hörte nur seine Musik.

Der Verkäufer wandte sich an Frau Lizzi. »Haben Sie etwas gesehen?«

Frau Lizzi musste sich am Einkaufswagen festhalten, sonst wäre sie glatt umgekippt. Sie konnte nur den Kopf schütteln.

»Aber da war was!«, rief der Verkäufer der Kassierin zu. »Ich bin doch nicht verrückt!«

Da kam Purzel zurückgeflogen und kroch unter Frau Lizzis Hut. Sie hörte ihn rülpsen und schmatzen und sehr vergnügt fiepen.

Ein junger Mann schob ein rotes Wägelchen herbei und säuberte den Boden mit einem riesi-

gen Mopp. Dabei pfiff er zweistimmig. Er lächelte Frau Lizzi an. »Vorsicht, Oma! Boden ist rutschig!«
Sie nickte. Sie hatte wirklich keine Lust, hinzufallen und sich womöglich ein Bein zu brechen.

Der Heimweg kam Frau Lizzi lang vor. Im Stiegenhaus musste sie auf jedem Absatz rasten. Sie setzte sich an den Küchentisch, stützte die Arme auf und den Kopf in die Hände.
Purzel kuschelte sich auf ihren Schoß, streichelte ihre Hände, hüpfte auf ihren Kopf und zauste ihre Haare.
»Du lieber Himmel«, murmelte sie immer wieder. »Was mach ich denn mit dir?«
Purzel legte den Kopf schief und schaute sie rund und harmlos an.
»Mein Vamperl trinkt nur Milch und mag kein Blut«, flüsterte sie.
Purzel trommelte mit seinen kleinen Fäusten auf den Tisch.

Frau Lizzi stützte den Kopf in die Hände. Purzel schnitt Grimassen, aber er konnte Frau Lizzi nicht zum Lachen bringen. Plötzlich spitzte er die Lippen und begann zu pfeifen. Er pfiff die ersten Töne des Vamperl-Liedes!

Frau Lizzi staunte. »Das hat nicht einmal dein Vater gekonnt.«

Noch einmal und noch einmal pfiff Purzel, bis Frau Lizzi endlich verstand und mit zittriger Stimme zu singen begann:

»Ja, so ein Vampir
ist kein böses Tier,
muss es nicht sein,
wenn er von klein
auf Liebe spürt.
Mein Vamperl trinkt
nur Milch und mag kein Blut
und macht die bösen Leute alle wieder gut.«

Sie konnte nicht weitersingen. Tränen rannen ihr über die Wangen und in den Halsausschnitt.

Purzel sah ganz erschrocken drein und begann, ihre Tränen abzuschlecken. Sie saß wie betäubt da.

So fand Hannes sie, als er aus der Schule kam. Er wurde nicht schlau aus dem, was sie ihm erzählte.

»Purzel isst Blutwurst? Was ist daran so schrecklich?«, fragte er. »Ich mag zwar keine Blutwurst, aber meine Mama zum Beispiel isst sehr gern Blutwurst.«

»Das ist was anderes«, schluchzte Frau Lizzi.

»Wieso?«

Frau Lizzi konnte nur den Kopf schütteln.

»Soll ich Ihnen einen Kaffee machen?«, fragte Hannes.

»Einen was? Nein, nein, keinen Kaffee.«

Jetzt machte sich Hannes wirklich Sorgen. Wenn Frau Lizzi keinen Kaffee wollte, dann war die Welt nicht mehr in Ordnung. Was sollte er nur tun? Nie zuvor hatte er Frau Lizzi so verstört gesehen. Er legte beide Zeigefinger an die Nase,

das half manchmal beim Nachdenken. Plötzlich fiel ihm ein, dass Professor Obermeier ihm seine Handynummer gegeben und gesagt hatte, er könne ihn jederzeit anrufen.
Hannes griff in seine Hosentasche, fand nur einen Kaugummi. Er rannte hinauf in die Wohnung. Das Telefon war nicht in seinem Zimmer, nicht auf dem Küchentisch.
Da klingelte es vom Kleiderhaken! Wie zum Kuckuck war sein Mobiltelefon in Mutters Schürzentasche gekommen?
Kaum hatte er abgehoben, schimpfte seine Mutter los. »Schon wieder hast du dein Handy in der Hosentasche vergessen! Beinahe wäre es in der Waschmaschine gelandet. Eins sag ich dir, ein neues bekommst du nicht.«
Hannes war einfach nur erleichtert, dass er sein Handy wiederhatte.
»Gibt es etwas, das ich wissen sollte?«, fragte seine Mutter.
»Alles paletti«, sagte er. Wahrscheinlich glaub-

te sie ihm nicht, am Abend würde sie ihn löchern. Warum hatte sie überhaupt angerufen? Sie hatte es wahrscheinlich selbst vergessen. Egal, Hauptsache, sein Handy war wieder aufgetaucht. Er wählte, wartete, wollte schon aufgeben, da meldete sich der Professor.

»Es ist wegen Frau Lizzi«, stotterte Hannes.

Der Professor fragte nicht lange, sondern versprach, sofort zu kommen.

Hannes stellte sich vor Frau Lizzis Tür. Nach der Uhr musste er zehn Minuten warten, ihm kam es vor wie zehn Stunden.
Professor Obermeier strich Hannes über den Kopf, klopfte und ging gleich hinein, ohne auf Antwort zu warten. Frau Lizzi saß immer noch genau so da, wie Hannes sie verlassen hatte, und starrte vor sich hin. Purzel hockte auf ihrem Schoß und kaute an seinen Flügelspitzen.
»Was ist denn los?«, fragte der Professor, setzte sich neben sie und legte seinen Arm um ihre Schulter. Sie fiel ihm um den Hals und begann zu schluchzen.
Hannes ging leise hinaus und zog behutsam die Tür hinter sich zu.
Der Professor tätschelte Frau Lizzis Rücken.
Sie setzte sich auf und lächelte ein bisschen schief. »Genau so tätschle ich immer den Flocki, wenn er kommt, um sich sein Hundestangerl zu holen.«
Der Professor lächelte verlegen, dann wieder-

holte er seine Frage. Frau Lizzi musste einige Male neu ansetzen, bevor sie es schaffte, halbwegs der Reihe nach zu erzählen. Purzel mache ihr Sorgen, sagte sie, weil er einfach keine Lust hatte, Leuten das Gift aus der Galle zu saugen.
»Sie wissen doch, wie mein Vamperl sich sofort auf jeden gestürzt hat, der seine Wut an jemandem auslassen wollte, besonders wenn der andere sich nicht wehren konnte. Am Anfang war Purzel genauso, aber jetzt muss ich bitten und betteln … Als er heute die Blutwurst gesehen hat, war er nicht zu halten, richtig hineinverbissen hat er sich. Genau wie sich Löwen oder Tiger auf ihre Beute stürzen. Ganz mit Blut verschmiert war er, und nachher hat er geschmatzt und geschleckt und sich den Bauch gerieben. Ich habe solche Angst, dass er … dass er …«
»Dass er nicht wie sein Vater wird, sondern ein Blutsauger, ein Vampir?«
Frau Lizzi nickte.
Der Professor wiegte den Kopf hin und her.

Purzel war immer aufgeregter geworden, während die beiden redeten, er hüpfte hin und her, bis Frau Lizzi automatisch sagte: »Wenn du aufs Kisterl musst, dann geh doch!«

Purzel machte ein böses Gesicht und fletschte seine kleinen weißen Zähne, plötzlich begann er, jämmerlich zu fiepen, und stupste seinen Kopf in Frau Lizzis Hand. Sie kraulte seine Ohren.

»Ich hatte gestern schon so ein komisches Gefühl«, sagte der Professor. Vielleicht erinnern Sie sich, ich hatte Sie gebeten, Purzel in der Küche schlafen zu lassen und die Tür zu schließen. Haben Sie das getan?«

»Nein«, sagte sie kleinlaut.

»Nun, für diesmal wollen wir's gut sein lassen«, erklärte der Professor großzügig. »Wir dürfen aber eines nicht vergessen. Purzel ist Vamperls Sohn, aber er ist nicht Vamperl. Purzel ist Purzel!«

Da stieß Purzel sich ab, flog auf die Schulter des Professors und schmatzte ihm drei feuchte Küsse auf jede Wange. Dann stellte er sich breitbeinig vor Frau Lizzi auf den Tisch und trommelte abwechselnd mit den Fäusten und mit den Handflächen auf seinen runden Bauch.

»Ja«, sagte Frau Lizzi. »Er ist der Purzel. Und ich bin eine dumme alte Frau.«

Der Professor widersprach ihr heftig, Purzel ziepte an ihren Haaren und boxte seinen runden Schädel in ihren Bauch wie ein kleiner Ziegenbock.

»Ist schon gut, ist schon gut!«, rief sie. »Hab verstanden!«

Purzel probierte einen Kopfstand auf dem Tisch und fiel dabei auf den Rücken. Er strampelte ärgerlich. Der Professor lachte, da zeigte ihm Purzel eine lange Nase.

Frau Lizzi drohte ihm mit dem Finger.

Purzel begann, auf dem Tisch zu tanzen.

»Also jetzt ist Schluss«, sagte Frau Lizzi. »Man wird ja schwindlig bei deinem Herumgehopse.«
»Darf ich Ihnen einen Kaffee kochen?«, fragte der Professor.
Sie schüttelte den Kopf. Als sie den besorgten Blick des Professors sah, fing sie an zu lachen.
»Das hat Hannes mir auch schon angeboten. Aber ich glaube, heute brauche ich eher einen Baldriantee. Nur mag ich den nicht.«
»Wie wär's mit einem Eis?«
Gegen ein Eis hatte Frau Lizzi nichts einzuwenden. Sie klopfte mit dem Besenstiel an die Zimmerdecke.
»Warum tun Sie das? Ich höre überhaupt keinen Lärm von oben«, sagte der Professor.
»Das ist ein Zeichen für meinen Freund Hannes«, erklärte Frau Lizzi. »Ohne ihn Eis zu essen wäre eine Gemeinheit.«
Purzel kroch in die Brusttasche des Professors. Er wickelte einen Turban aus dem Stecktuch und machte es sich bequem.

Im Eissalon fütterten ein Junge und ein Mädchen einander abwechselnd mit Erdbeer- und Heidelbeereis. Purzel schaute sehr interessiert zu und beugte sich ziemlich weit aus der Brusttasche.

»Siehst du, was ich sehe?«, fragte das Mädchen.

Der Junge wusste nicht, wovon sie redete.

Purzel begann, Grimassen zu schneiden, eine fürchterlicher als die andere. Das Mädchen riss die Augen weit auf.

»Träumst du oder was?«, fragte der Junge.

Sie zeigte auf den Professor.

Purzel tauchte in die Tasche und ließ nur einen Zipfel des Stecktuchs herausbaumeln.

»Was soll mit ihm sein?«, fragte der Junge weiter.

»Nicht mit ihm, der hat …« Das Mädchen schüttelte der Kopf. »Vergiss es.«

»Jaja«, sagte der Junge. »Mein großer Bruder hat mich schon gewarnt, dass alle Mädchen spinnen.«
Sie drohte ihm mit einer Waffel. Dann sahen sie, wie das Eis zerrann, zuckten mit den Schultern und begannen wieder, einander zu füttern.
»Mit dir kann man nirgends hingehen«, brummte Frau Lizzi.
»Meinen Sie mich?«, fragten Hannes und der Professor gleichzeitig.
Frau Lizzi stand auf. »Ihr wisst ganz genau, wen ich meine! Aber wenn ich es mir recht überlege, seid ihr alle drei unmöglich.«

Frau Lizzi verliert ihren Rock

Purzel ist im Trotzalter, versuchte Frau Lizzi, sich selbst zu überzeugen. Jeder kommt ins Trotzalter, und irgendwann findet jeder wieder heraus. Na ja, vielleicht nicht jeder, aber die meisten.

Tagsüber konnte sie sich selbst glauben, aber sie träumte immer wieder von Vampiren mit bluttriefenden Mäulern, die Purzel holen kamen. Sie hatte schon Angst vorm Einschlafen, verlor völlig den Appetit. Nicht einmal der Duft von frisch geröstetem Kaffee und warmem Plundergebäck konnte sie locken.

Von sich aus griff Purzel bei keinem Streit ein. Ganz im Gegenteil. Er fiepte in den höchsten Tönen, warf die Arme in die Luft, klatschte wie wild und gebärdete sich wie ein begeisterter Fan auf dem Fußballplatz. Frau Lizzi bekam Herzklopfen beim Zuschauen. Oft sagte sie: »Purzel, es gibt Arbeit für dich!«

Dann schüttelte er sich kurz und flog los, aber man sah genau, wie schwer es ihm fiel, das Spektakel zu beenden.

An einem Dienstag lief Hannes vor ihr die Treppe hinauf, da hörte er einen Aufschrei. Er drehte sich um und sah, dass Frau Lizzi im Unterrock dastand. Der Rock war ihr heruntergerutscht und lag wie ein Schwimmring ohne Luft rund um ihre Füße. Kopfschüttelnd stieg sie aus dem Ring.
Purzel hielt sich den Bauch vor Lachen.
Frau Lizzi drohte ihm mit dem Finger. »Alles nur deinetwegen! Dein Schabernack hat sich mir auf den Magen geschlagen«, brummte sie. »Abnehmen wollte ich schon immer, aber was zu viel ist, ist zu viel!«
Hannes hob den Rock auf und trug ihn ihr nach. Frau Lizzi sagte kein Wort, räumte ihre Einkäufe weg und schien Hannes völlig vergessen zu haben.
Er trollte sich nach Hause.

Ohne Vamperl geht es nicht, dachte er. Schließlich ist er Purzels Vater. Er müsste … was weiß ich, was er müsste. Auf jeden Fall müsste er hier sein und irgendetwas tun.
Hannes hatte Purzel gern. Sehr gern sogar. Aber er hatte auch Frau Lizzi gern und es war nicht schön zu sehen, wie sie immer weniger wurde.
Plötzlich packte ihn eine Riesenwut.
Vamperl hätte doch bitte schön längst eine Adresse angeben können. Das war nicht zu viel verlangt. Da schickte er nette kleine Zettelchen mit Küsschen und Pfotenabdrücken, aber keine Anschrift. Wollte er nicht erreichbar sein?
»Dir zeig ich's noch!«, sagte Hannes laut. Er schrieb in Blockschrift sieben Karten:

HALLO VAMPERL!
BITTE RÜHR DICH. PURZEL SPINNT IRGENDWIE.
FRAU LIZZI BRAUCHT DICH UND ICH AUCH.
Hannes

Er steckte die Karten ein und rannte zur Straßenbahn. Der Wettermann musste ihm helfen. Er hatte ihnen schon oft geholfen. Da fiel ihm ein, dass weder er noch Frau Lizzi den netten Mann auch nur angerufen hatten. Der wusste gar nicht, dass Vamperl seine Vamperline gefunden und inzwischen zwei Söhne hatte. Er wusste nicht, dass Frau Lizzi nach Transsilvanien gefahren war. Gar nichts wusste er. Wenn er sauer war und nichts mehr mit Hannes und Frau Lizzi zu tun haben wollte, war es kein Wunder.

Mist, dachte Hannes. Die Mama sagt sowieso immer, dass ich ein undankbarer Kerl bin. Aber jetzt bleibt mir gar nichts übrig, als den Wettermann um Hilfe zu bitten. Dabei habe ich sogar seinen Namen vergessen. Oder hab ich den nie gewusst?

Beim Aussteigen fiel ihm ein, dass sein Schülerausweis zu Hause in seinem Rucksack steckte. Ein Glück, dass kein Kontrolleur gekommen war. Vielleicht würde er noch einmal Glück haben.

Er hatte Glück. Das große Tor der Wetterstation stand offen. Während Hannes noch überlegte, wie er nach dem Wetterkundler fragen sollte, ging eine Tür auf und der Mann stand vor ihm.

»Ja, hallo, Hannes!«, rief er. »Wie schön, dass du mich besuchst. Ich bin schrecklich neugierig, ob Vamperl seine Vamperline gefunden hat. Komm, ich habe gerade Mittagspause. Gehen wir in das Gasthaus an der Ecke, und dann musst du erzählen!«

Im Gärtchen war ein Tisch frei. Der Wetterkundler stützte die Arme auf und sah Hannes erwartungsvoll an.

Hannes holte tief Atem, dann sprudelte er he-

raus: »Purzel ist nämlich ganz gierig auf Blutwurst …«

»Purzel?«, unterbrach ihn der Wetterkundler.

»Ja, natürlich Purzel. Der ist doch jetzt bei uns.«

Der Wettermann meinte, es wäre vielleicht eine gute Idee, wenn Hannes von Anfang an erzählen würde. »Ich bin nämlich kein Blitzmerker. Meine Mutter hat schon immer gesagt: Rudi Wetter, hör bitte ein bisschen schneller zu.«

Rudi hieß er. Natürlich. Rudi Wetter. Mit dem Namen hatte er wohl keinen anderen Beruf wählen können.

Hannes bemühte sich sehr, der Reihe nach zu erzählen. Nach vielen Zwischenfragen nickte Rudi zufrieden. »Fassen wir zusammen: Vamperl hat tatsächlich die Reise im Luftballon geschafft, hat seine Vamperline gefunden und ist bei ihr geblieben. Unsere liebe Frau Lizzi hat es vor Sehnsucht nicht ausgehalten und ist ihn suchen gefahren. Der dumme Kerl hätte doch wenigstens hin und wieder eine Karte schreiben können. Aber na ja. So ist das Leben.« Er fuhr sich über seinen fast kahlen Kopf. »Stimmt das so weit?«

»Genau.«

Rudi fuhr fort: »Die Abenteuer von Frau Lizzi auf der Reise können wir weglassen, die haben mit Purzel nichts zu tun.«

»Richtig.«

Rudi lachte. »Du klingst wie mein Mathelehrer. Aber weiter im Text. Vamperl und Vamperline haben also zwei Söhne, die ganze Familie fuhr in Frau Lizzis Handtasche mit nach Wien. Muss ziemlich finster gewesen sein da drinnen. Schnurzel kehrte mit Mama und Papa zurück nach Transsilvanien, Purzel blieb und lechzt jetzt nach Blutwurst. Was Frau Lizzi sehr beunruhigt.«

Hannes nickte bei jedem Satz.

»Und was kann ich für euch tun?«, fragte Rudi.

»Weil Sie doch damals alles ausgerechnet haben«, sagte Hannes.

»Ehem«, grunzte Rudi.

»Und weil wir doch keine Adresse haben«, sagte Hannes.

»Mhm«, brummte Rudi.

»Und weil die Frau Lizzi schon ganz dünn ist vor lauter Sorge«, sagte Hannes.

Rudi schüttelte den Kopf. »Die Frau Lizzi dünn? Das kann nicht wahr sein.«

Er begann, auf seiner Papierserviette herumzukritzeln. Der Bleistift hinterließ Löcher in der Serviette.

»Du willst also dem Vamperl schreiben? Ist euch nie eingefallen, ihn nach seiner Adresse zu fragen?«

»Klar haben wir gefragt, aber er hat nicht geantwortet.« Hannes zog eine Karte aus seiner Hosentasche. Sie war ein bisschen angeknittert.

»Und du glaubst, Purzel würde auf Vamperl hören? Wie kommst du auf die Idee? Hörst du etwa auf deinen Vater?«

Rudi war wirklich unmöglich, fand Hannes. »Das

ist nicht so einfach bei mir. Das ist sogar ziemlich kompliziert, weil – wir sind nämlich geschieden. Also meine Eltern sind geschieden, und mein Vater hat nicht mehr so viel Zeit …«

»Jaja«, sagte Rudi. »So ist das Leben. Noch einen Apfelsaft?«

»Aber mit Strohhalm.«

Während Hannes an seinem Apfelsaft zuzelte, rechnete Rudi, zerknüllte die Papierservietten, sprang auf, rannte in die Gaststube und kam mit einem Stapel neuer Servietten zurück. Die Suppe in seinem Teller hatte er vergessen, inzwischen saßen vier Fliegen am Tellerrand.

Plötzlich grabschte Rudi nach dem Strohhalm. Er rollte einen festen Ball aus einer Serviette, legte den Kopf zurück und ließ den Ball auf dem Strohhalm auf und ab tanzen. Erst als der Ball heruntergefallen war und sich aufgelöst hatte, erklärte Rudi: »Morgen müsste der Wind richtig sein, da schicken wir fünf Ballons los und hängen deine Zettel dran.«

»Sieben wäre mir lieber«, sagte Hannes. »Für alle Fälle.«

»Also gut, sieben.« Rudi drehte einen der Zettel um und lachte.

»Das ist doch die Höhe! Du bist genau wie Vamperl, hast auch den Absender vergessen.«

»Vamperl weiß doch, wo wir wohnen!«, rief Hannes.

»Schon. Aber für alle Fälle, wie du selbst gesagt hast. Er könnte die Adresse vergessen haben oder wer weiß was. Und jetzt muss ich zurück in die Arbeit.« Eine Fliege rutschte am Tellerrand ab und strampelte in der Suppe. Rudi fischte sie

mit dem Löffel heraus. Sie putzte gewissenhaft ihre sechs Beine, dann ihre Flügel. »Wenigstens bedanken hättest du dich können«, sagte Rudi. Hannes nickte schuldbewusst. »Danke!«, sagte er.
Rudi grinste. »Ich hab die Fliege gemeint. Dann bis morgen auf der Donauinsel. Du kommst doch?«
»Sowieso. Mit Frau Lizzi, denk ich.«

Wer ist verrückt?

Hannes beschloss, zu Fuß nach Hause zu gehen. Noch einmal ohne seine Schülerkarte zu fahren, war ihm zu riskant.
»Das Glück ist wie ein Gummiband«, sagte Frau Lizzi manchmal. »Man darf es nicht überdehnen. Sonst könnte es womöglich abreißen.«
Der Weg war viel länger, als er gedacht hätte. Seine linke Ferse tat weh, da wuchs bestimmt eine Monsterblase.
Frau Lizzi riss ihre Wohnungstür auf, als er die Stufen heraufkam. »Deine Mama ist schon ganz aus dem Häuschen«, bereitete sie ihn vor.
Natürlich. Er hatte vergessen, dass seine Mutter am Dienstag ihren freien Nachmittag hatte. Sie stand bereits am Treppenabsatz. So wütend hatte er sie noch nie gesehen.
»Ich hab schon in allen Krankenhäusern angerufen«, begrüßte sie ihn.

»Warum hast *du* nicht mich angerufen?«, fragte er.
Sie zeigte auf sein Handy auf dem Küchentisch.
»Ich weiß wieder einmal nicht, ob ich dich zuerst in den Arm nehmen oder dir zuerst eine Ohrfeige geben soll.«
»Eins nach dem anderen«, schlug er vor.
Da hörte er es hinter sich kichern. Purzel war an Frau Lizzi vorbei aus der Wohnung geflutscht.
Sie keuchte die Treppe herauf.
»Nichts als Ärger hat man mit diesem Kerl«, sagte Frau Müller. »Ich bin schon völlig fertig mit den Nerven!«
»Kleine Kinder, kleine Sorgen, große Kinder, große Sorgen«, sagte Frau Lizzi und warf zuerst Purzel einen strengen und dann Frau Müller einen mitfühlenden Blick zu.
Purzel lehnte sich in Frau Lizzis Haarknoten wie in einen Liegestuhl, baumelte abwechselnd mit dem linken und mit dem rechten Bein. Dazu schnitt er Gesichter.

Hannes musste lachen. Das brachte seine Mutter endgültig in Rage.

»Du hast ab sofort drei Wochen Hausarrest!«, schrie sie.

»Hannes kann nichts dafür«, sagte Frau Lizzi.

Frau Müller war nicht zu besänftigen. »Jaja, halten Sie ihm nur die Stange, für Sie ist das ja leicht, Sie werden nicht mehr erleben, was aus ihm wird, aber ich …«

»Schau, was du angerichtet hast, Purzel«, flüsterte Frau Lizzi. »Bring das jetzt in Ordnung, aber sofort!«

Purzel machte einen Handstand auf ihrem Kopf, hüpfte hinunter auf ihren linken Arm, kitzelte sie am Kinn, schmatzte ihr Küsse auf die Wangen. Sie schubste ihn weg, da kitzelte er sie in der Achselhöhle. Unwillkürlich quietschte sie auf.

Frau Müller murmelte: »Jetzt sind endgültig alle verrückt geworden. Schade um die Frau Lizzi, sie war zwar immer schon seltsam, aber doch eigentlich nett.«

Hannes biss sich auf die Lippen. Frau Lizzi hatte ihm das Versprechen abgenommen, nichts von Purzel zu erzählen. Sie fürchtete, dass es dann

endgültig Ärger im Haus geben würde. An Vamperl hatten sich alle Hausbewohner gewöhnt, aber das bedeutete noch lange nicht, dass sie auch seinen Sohn freundlich aufnehmen würden.

Wenn seine Mutter in Rage geriet, wusste man nie, was sie ausplaudern würde. Also war es besser, sie wusste nicht zu viel. Er verstand sowieso nicht, wieso sie Purzel nicht längst gesehen hatte. Vielleicht stimmte es wirklich, dass Leute blind vor Zorn sein konnten. Ganz sicher stimmte, dass die meisten mehr übersahen als sahen.

»Hannes, komm her zu mir«, sagte seine Mutter. »Du lässt mir die Frau Lizzi in Ruhe. Hast du gehört?« Sie blinzelte ihm zu und hoffte, dass er verstand. Sie konnte ihr doch nicht ins Gesicht sagen, dass sie Frau Lizzi für übergeschnappt hielt.

Hannes aber schüttelte den Kopf. »Na wunderbar! Dann krieg ich kein Mittagessen und niemand schaut meine Hausaufgaben an.«

Das war zu viel.
Frau Müller holte aus.
Frau Lizzi holte ebenfalls aus, um Purzel einen Schubs zu geben, doch er war schon von ihrer Schulter abgesprungen und auf dem Weg zu Frau Müllers Galle.
Nach dem ersten Schluck fuhr sich Frau Müller durch die Haare, als hätte sie nur vorgehabt, ihre Frisur zu richten. Nach dem zweiten Schluck lächelte sie Frau Lizzi zu.
»Sie müssen schon entschuldigen, heute war der Teufel los im Geschäft und dann hab ich mir solche Sorgen um Hannes gemacht … Nicht einmal einen Kaffee hab ich Ihnen angeboten.« Sie öffnete einladend ihre Wohnungstür.
Frau Lizzi sah, wie Purzel das Gesicht verzog und in die Ecke zwischen Tür und Wand spuckte. Sie verabschiedete sich schnell.
Frau Müller stand verlegen in ihrer Küche. Sie schämte sich. Als ihr Blick auf ein Glas selbst eingekochte Marillenmarmelade fiel, holte sie es

vom Schrank und reichte es Hannes. »Bring das der Frau Lizzi. Mit einem schönen Gruß.«
Er grinste. »Du hast doch gesagt, ich soll sie in Ruhe lassen!«
Seine Mutter drohte ihm mit dem Finger.

Inzwischen hatte Purzel fünfmal hintereinander mit Frau Lizzis Mundwasser gegurgelt. Er blies die Backen auf und spuckte in hohem Bogen ins Waschbecken. Natürlich bekam der Spiegel Spritzer ab und die Wand auch.

Hannes erzählte Frau Lizzi von seinem Besuch bei Rudi Wetter. Sie sprang auf, packte seinen Kopf, küsste ihn mitten auf die Stirn und danach auch noch auf beide Wangen.
»Entschuldige«, sagte sie, nachdem sie ihn wieder losgelassen hatte. »Ich weiß, Buben in deinem Alter darf man nicht küssen.«

»Ist schon gut«, brummte er. »Solange Sie’s nur tun, wenn niemand zuschaut. Stellen Sie sich vor, den Markus hat seine Oma vor dem Schultor abgebusselt! Die ganze Klasse hat zugeschaut!«

»Wie schrecklich!«, rief Frau Lizzi und riss die Augen weit auf.

Am Abend wunderte sich Frau Maringer, dass sie große Mühe hatte, ihren Bello von der Ecke zwischen der Wand und der Müllertür wegzuzerren. Sonst hatte er es immer so eilig, auf die Straße zu kommen und die neuesten Hundenachrichten an allen Ecken, Bäumen und Zäunen zu erschnuppern.

Ein Gugelhupf im freien Fall

Im ersten Morgengrauen stand Frau Lizzi auf, um einen Gugelhupf als Geschenk für Rudi Wetter zu backen.
Schon vor acht Uhr stand der Gugelhupf zum Auskühlen auf dem Fensterbrett, goldbraun, duftend und glänzend. Einfach perfekt. Frau Lizzi betrachtete ihn liebevoll, dann setzte sie sich zu ihrem Morgenkaffee an den Küchentisch. Im Radio fiedelte einer, als ginge es um sein Leben. Frau Lizzis alte Füße tappten im Takt.
Da kamen zwei Spatzen angeflogen, plusterten sich auf, schüttelten sich und begannen, Löcher in den Gugelhupf zu picken.
Frau Lizzi sprang auf, stürzte schreiend und mit den Armen fuchtelnd zum Fenster. Der Teller mit dem Gugelhupf kippte.
Frau Lizzi erwischte den Teller gerade noch mit zwei Fingern, aber er flutschte ihr aus der Hand

und fiel dem Gugelhupf hinterher.
Unten auf der Straße hörte man lautes Klirren und gleich darauf einen Schrei. Frau Lizzi wurde schlecht. Sie klammerte sich am Fensterkreuz fest, sonst wäre sie gestürzt.
Zwei Minuten später wurde die Küchentür aufgerissen. Draußen stand Frau Maringer mit dem Gugelhupf auf dem Kopf wie eine Haube, die ihr bis über die Ohren quoll.
Frau Lizzi war starr vor Entsetzen, gleichzeitig blubberte ein Lachen in ihr hoch, das sie nicht unterdrücken konnte. Der Anblick war wirklich zu komisch.
»Sie … Sie«, schrie Frau Maringer. Ihr Gesicht

wurde rot und röter. Sie ging auf Frau Lizzi los. Frau Lizzi wich zurück, bis die Wand sie aufhielt. Frau Maringer hob die Hände. Ihre Fingernägel waren sehr spitz gefeilt.

»Entschuldigung«, stotterte Frau Lizzi. »Ich wollte wirklich nicht …«

»Zu spät!«, schrie Frau Maringer. Ihre Nägel berührten Frau Lizzis Wange.

Da stieß Purzel sich von der Vorhangstange ab und flog auf den flachen Bauch der Frau Maringer. Er begann zu saugen, spuckte in hohem Bogen aus, saugte, spuckte, saugte, spuckte.

Frau Maringer rieb ihre Fingerspitzen an ihrer Bluse, betrachtete sie eingehend, als hätte sie ihre eigenen Hände noch nie gesehen. Ein Stück vom Gugelhupf brach ab und fiel ihr in den Halsausschnitt. Sie steckte es in den Mund, ohne wirklich zu wissen, was sie tat. Sehr verwundert blickte sie sich um, dann kaute sie, lächelte und schluckte.

»Großartig«, sagte sie dann. »So einen guten

Gugelhupf hat nur meine liebe Mama gebacken.« Vorsichtig brach sie noch einen Bissen ab und aß mit sichtlichem Vergnügen.

»Es wäre doch schade, ihn verkommen zu lassen.« Frau Maringer reichte Bello ein Stück. »Eigentlich darf er ja nichts Süßes essen«, erklärte sie und wandte sich zum Gehen. Die Gugelhupfhaube auf ihrem Kopf schwankte leicht, obwohl sie sie mit einer Hand festhielt. »Sie haben doch nichts dagegen, wenn ich ihn mitnehme?«, fragte sie. »Ich meine, wo er mir doch auf den Kopf gefallen ist?«

»Natürlich nicht«, beeilte sich Frau Lizzi zu sagen.

Purzel saß wieder auf der Vorhangstange und schüttelte sich vor Lachen.

Mit gerunzelter Stirn und herabgezogenen Mundwinkeln schaute Frau Lizzi zu ihm hinauf. Dann stellte sie fest, dass sie nur

mehr zwei Eier im Kühlschrank hatte und einkaufen gehen musste, wenn sie noch einen Gugelhupf backen wollte. »Schade, dass ich dich nicht schicken kann«, sagte sie zu Purzel. »Aber wer weiß, was du dann wieder anstellen würdest.«

Purzel schaute so harmlos drein, dass Frau Lizzi lachen musste.

Als sie aus dem Haustor trat, sah sie die Scherben unter ihrem Fenster. Seufzend hob sie eine nach der anderen auf. Ihr Kreuz protestierte heftig.

Im Supermarkt kaufte sie eine Scheibe Blutwurst für Purzel. Er hatte eine Belohnung verdient.

Der zweite Gugelhupf wollte sich nicht aus der Form stürzen lassen. Frau Lizzi legte ein nasses Tuch darüber, klopfte mit aller Kraft darauf. Endlich plumpste der Gugelhupf auf den Teller, aber an zwei Stellen war etwas kleben geblieben.

»Das ist ja noch größer als das Loch, das die frechen Spatzen gefressen haben«, stöhnte Frau Lizzi. »Die Arbeit hätte ich mir ersparen können.«

Sie legte die Füße auf den Küchenhocker. Müde war sie, rechtschaffen müde.

Nur ganz kurz die Augen zumachen, sagte sie sich.

Sie wachte erst auf, als Hannes sie an der Schulter rüttelte.

»Was ist los?«, brummelte sie.

»Der Rudi wartet auf uns«, sagte Hannes.

In weniger als fünf Minuten waren sie auf dem Weg zur U-Bahn.

Rudi Wetter stand in der Station Stephansplatz. In der Hand hielt er einen großen weißen Sack, in dem sich ständig etwas bewegte. Rudi freute sich, Frau Lizzi zu sehen. Er freute sich, Purzel kennenzulernen. Er freute sich über den Gugelhupf.

Sie zeigte auf die zwei Löcher. »Leider ist er nicht so geworden wie sonst.«

Rudi lachte. »Das hat meine Oma auch immer gesagt.« Er schwenkte den Sack. »Die Luftballons sind schon gefüllt, ich hatte keine Lust, Gasflaschen mitzuschleppen.«

Die Leute in der U-Bahn starrten den auf und ab schwebenden Sack an.

»Da ist eine Boa Constrictor drin«, sagte Hannes ernst.

Die Frau neben ihm stand sehr schnell auf und hastete ans andere Ende des Waggons.

An diesem windigen Tag waren kaum Menschen auf der Donauinsel unterwegs. In einer Bucht

standen sieben Reiher und blickten hochmütig herüber. Der Wind rüttelte Purzel hin und her, er musste sich an Frau Lizzis Haarknoten festhalten.
»Du reißt mir ja alle Haare aus!«, schimpfte sie. »So ein Fratz!«
Purzel lachte und kitzelte sie unterm Kinn.
»Der ist doch ein ganz Braver«, sagte Rudi Wetter. »Ein richtiges Musterbubi!«
Purzel fletschte die Zähne.
»Aha!«, stellte Rudi fest. »Fratz stört ihn nicht, aber Musterbubi lässt er sich dann doch nicht schimpfen.«
Sie hatten die Spitze der Insel erreicht. Rudi öffnete den Sack nur ganz wenig, sonst hätte der Wind sofort alle Ballons weggeweht und wahrscheinlich die Schnüre verheddert. Vorsichtig zog Rudi eine Schnur nach der anderen heraus, leckte seinen Zeigefinger ab, prüfte den Wind, nickte und ließ dann einen Ballon wegfliegen.

»Dreht sich der Wind so schnell?«, fragte Hannes.
»Dieser schon«, erklärte Rudi. »Das ist ein ganz Wilder.«
Frau Lizzi winkte jedem Ballon nach. »Gute Fahrt! Und grüß mir meinen Vamperl!«, rief sie, bis sie heiser war.

Geht es ohne Vamperl nicht?

Schon am nächsten Tag erwischte sich Frau Lizzi dabei, wie sie unruhig wurde, als die Pendeluhr zehnmal schlug. Gegen zehn kam für gewöhnlich der Briefträger. »Dumme Urschel«, schalt sie sich, »allerfrühestens können wir nächste Woche mit einer Antwort rechnen.« Trotzdem lauschte sie auf jeden Schritt im Stiegenhaus.

Hannes musste den ganzen Weg von der Schule gerannt sein, so früh war er sonst nie dran. Er riss die Tür auf. »Und?«

»Und was?«, fragte Frau Lizzi, als wüsste sie nicht ganz genau, was er meinte. »Und was soll sein? Nix kann sein. Eine Karte von meiner alten Schulfreundin im Waldviertel hat sage und schreibe sechs Tage nach Wien gebraucht! Zu Fuß wäre sie schneller gewesen.«

»Nur haben Karten keine Füße«, stellte Hannes fest.

Frau Lizzi drohte ihm mit dem Zeigefinger. Dann zupfte sie etwas von seiner Schulter.
Mit einem Trinkhalm schoss Purzel Hannes ein Papierkügelchen mitten auf die Stirn und war so begeistert von seiner Treffsicherheit, dass er auf der Vorhangstange herumtanzte wie wild. Er rutschte aus, schwankte und fiel wie ein Stein herab. Erst im allerletzten Moment, bevor er auf dem Fußboden aufschlug, öffnete er die Flügel und landete in einer eleganten Kurve. Er schlitterte zu Frau Lizzi hin, stand auf und machte eine tiefe Verbeugung.
»Was macht man mit so einem Kerl?«, fragte Frau Lizzi, ohne eine Antwort zu erwarten. »Sein Vater …«
Hannes unterbrach sie. »War nie so. Ich weiß. Purzel weiß es auch. Ob Vamperl auch weiß, dass er immer so furchtbar brav war, das glaube ich eher nicht.«
Frau Lizzi drohte, ihm nie wieder einen Gugelhupf zu backen. Dann spielten sie Mikado. Pur-

zel konnte mit seinen kleinen Fingern die Stäbe viel leichter herausziehen als die Menschen. Er meckerte vor Freude, wenn er schon wieder gewann.

Am Samstag brachte Professor Obermeier eine Schokoladetorte aus der Konditorei.
Frau Lizzi kanzelte ihn ab. »Was für eine Verschwendung! Ich hab doch schon einen Gugelhupf gebacken. Ist Ihnen der nicht gut genug?«
Professor Obermeier verhedderte sich in seinen Erklärungen, dass er nie im Leben, wirklich nie im Leben …
Frau Lizzi schnauzte ihn an. »Wissen Sie was? Sie gehen mir auf die Nerven!«
Er senkte den Kopf. Genau das habe er befürchtet.
Purzel rutschte an der Vorhangschnur herunter, stellte sich vor Frau Lizzi und betrachtete mit strengem Blick genau die Stelle, wo ihre Galle war. Frau Lizzi drohte, sie würde ihm gleich den

Hals umdrehen. Kurz darauf schimpfte sie mit Hannes, weil er Purzel zu den dümmsten Faxen verleitete.

»Ich glaube, wir sollten lieber Mensch-ärgere-dich-nicht spielen«, schlug Professor Obermeier vor.

»Wozu?«, fragte Hannes und wich im letzten Moment Frau Lizzis Hand aus.

Sie war sehr zerknirscht, als ihr plötzlich klar wurde, dass sie Hannes beinahe geschlagen hätte.

Am Montag kam ein Brief. Ein Mann hatte die Ballonpost auf seinem Krautacker gefunden. Wo Vamperl war, wusste er nicht, aber es wäre doch richtig nett von Frau Lizzi, wenn sie ihm eine Sachertorte aus Wien schicken würde, am besten zu seinem 47. Geburtstag in zwei Wochen. »Ich habe noch nie eine Geburtstagstorte bekommen. Es wird langsam Zeit, finden Sie nicht?«
Am Dienstag kam eine Karte von einem Hundezüchter. Vamperln habe er nicht anzubieten, aber einen wunderschönen Wurf von seiner preisgekrönten ungarischen Schäferhündin. Er wisse zwar nicht, wer der Vater der jungen Hunde sei, aber bestimmt ein schöner Kerl, seine Hündin habe einen guten Geschmack.
Am Mittwoch kam eine Einladung zu einem Sonderangebot in einem Badeort. Nach der dreiwöchigen Kur werde Frau Lizzi gewiss alle Sorgen und insbesondere alles, was Vampire und dergleichen betreffe, vergessen haben.
Am Donnerstag kam ein Brief von einem neunjäh-

rigen Mädchen. Sie hatte Vamperls Geschichte gelesen und sich seither ein Vamperl gewünscht. »Meine Hamsterin bekommt ständig Junge und ich weiß schon gar nicht mehr, wohin mit ihnen. Vielleicht könnten wir tauschen? Ein Hamster gegen ein Vamperl? Sie können gern auch mehr Hamster haben. Ich brauche das Vamperl dringend. Zu Hause und in der Schule und überhaupt. Bitte schreiben Sie mir!«

Am Freitag kam nichts.
Am Samstag sagte Frau Lizzi zu Professor Obermeier: »Ich will es ja nicht verschreien, aber mir kommt vor, unser Purzel hat sich wirklich gebessert. Hannes hätte gar nicht an Vamperl schreiben müssen.«
»Aber sehen wollen Sie ihn doch gern?«
Frau Lizzi zuckte mit den Schultern und schürzte die Lippen. »Dagegen hätte ich nichts.«
Als Hannes und Professor Obermeier laut auflachten, hätte sie die beiden am liebsten weggeschickt. Nicht allzu weit weg, aber weg.
»Ohne Vamperl …«, seufzte sie, vollendete den Satz aber nicht.

Schutzengel in Grün

Am Montag musste Frau Lizzi einkaufen gehen. »Du bleibst zu Hause«, sagte sie zu Purzel. »Ich bin gleich wieder da.«

Im Supermarkt waren nur wenige Kunden. Eine junge Verkäuferin schichtete Marmeladegläser in ein Regal. Sie musste sich auf die Zehen strecken, um die hinteren Reihen zu erreichen.

Eine Dame kam mit einem hoch beladenen Einkaufswagen den Gang entlang. Ihr Blick fiel auf ein Sonderangebot von Thunfischdosen, sie griff danach, eine rutschte ihr aus der Hand, da ließ sie den Einkaufswagen los. Der geriet ins Rollen und fuhr der Verkäuferin an die Fersen. Sie schrie auf, verlor das Gleichgewicht und suchte Halt an dem Regal.

Das Regal kippte, Marmeladegläser polterten auf den Boden, einige zerbrachen.

Der Filialleiter rannte herbei und schimpfte auf

die Verkäuferin ein. »So etwas Ungeschicktes wie du ist mir noch nie über den Weg gelaufen! Ich werde dir den Schaden vom Lohn abziehen!«

Zwei große Tränen bildeten sich in den Augenwinkeln der jungen Frau.

»Heulen auch noch! Das hilft nicht. Worauf wartest du, glaubst du vielleicht, ich werde diese Wirtschaft aufräumen?«

»Wie soll ich das bezahlen?«, schluchzte die Verkäuferin. »Ich muss ja meine zwei kleinen Brüder …«

»Das ist deine Angelegenheit. Hab ich das Regal umgeworfen oder du? Es ist doch immer dasselbe, keine von euch passt auf, was sie tut.«

So ein armes Häufchen Elend, dachte Frau Lizzi. Sie zupfte die ältere Kundin am Ärmel. Die wandte sich unwillig um.

»Sie müssen sagen, was passiert ist! Das Mädel kann doch nichts dafür.«

»Ich kann erst recht nichts dafür«, sagte die Dame.

Frau Lizzi schüttelte den Kopf. »Ich habe schließlich selbst gesehen …«
Die Dame begann zu kreischen. »Ich lasse mich doch nicht verleumden! Soll ich vielleicht für den Schaden aufkommen? So eine Frechheit!«
Der Filialleiter ruderte mit den Armen. »Aber meine Damen! Bitte, beruhigen Sie sich!«
»Sie lügt. Lügt und schämt sich nicht einmal!«, erklärte Frau Lizzi mit so viel Würde, wie sie aufbringen konnte.
Die Dame wurde noch wütender und wollte mit den Fäusten auf Frau Lizzi losgehen. Sie trat einen Schritt vor, rutschte in der Marmelade aus, warf einen Stapel Kekspackungen um und landete auf dem Boden.
»Diese Person hat mich gestoßen!«, rief die Dame. Sie griff nach dem Ärmel des Filialleiters. »Sie haben es gesehen, wie sie mich umgestoßen hat. Au, mein Bein! Das ist bestimmt gebrochen. Rufen Sie sofort einen Arzt und die Polizei!« Sie jammerte immer lauter.

Die Kassiererinnen verließen ihre Plätze und kamen herangelaufen. Ein Mann schob seinen vollen Wagen an den Kassen vorbei ins Freie, ohne zu bezahlen. Der Filialleiter wollte ihm nachlaufen, rutschte ebenfalls in der Marmelade aus und ruderte mit den Armen. Zwei Flaschen Schnaps zerbrachen auf dem Boden.
Ein Polizist betrat den Supermarkt.
»Endlich!«, rief die Dame. »Ich hab schon gefürchtet, Sie kommen überhaupt nicht.«
»Ich bin nicht im Dienst«, murmelte der Polizist. »Ich brauch nur eine Wurstsemmel, weil ich garantiert wieder keine Mittagspause bekomme.«
Er beugte sich vor und sah die Dame inmitten von Scherben und Marmelade zwischen den Regalen sitzen.
»Diese Person hat mich überfallen«, klagte sie und zeigte auf Frau Lizzi. »Herr Kommissar, Sie sind meine einzige Hoffnung. Diese Leute stecken alle unter einer Decke.«
Der Polizist zückte sein Notizbuch und wandte

sich an die Frau, die abwechselnd ihr linkes und ihr rechtes Bein massierte. »Ihr Name?«

»Kanzleioberoffizial Edeltraud Sturm …«

Der Polizist unterbrach sie. »Kzloboffzl gibt's nicht einmal mehr auf den Türschildern im Amt. Name, Adresse …?«

Edeltraud Sturm quietschte kurz auf. Sie blinzelte. Sie fuhr sich mit der Hand übers Gesicht. Sie wurde rot und dann blass. Sie griff nach der Hand der jungen Angestellten.

»Verzeihen Sie, bitte. Ich weiß nicht, was über mich gekommen ist. Vielleicht bin ich wirklich verkalkt. Ich versteh einfach nicht …«

Die Umstehenden waren genau so verwirrt und ratlos wie Edeltraud Sturm selbst. Frau Lizzi aber spürte ein Kribbeln unter ihrem Hut und hörte ein leises Fiepen. War Purzel die ganze Zeit unter ihrem Hut gesessen oder war er gerade erst gekommen? Woher hatte er gewusst, dass sie Hilfe brauchte? Wie war er überhaupt aus der Wohnung gekommen? Hatte sie das Küchen-

fenster offen gelassen? Sie sehnte sich danach, in ihrer eigenen Küche zu sitzen, die Schuhe auszuziehen und einen Kaffee zu trinken.
Der Filialleiter und der Polizist halfen Edeltraud Sturm auf die Beine. »Ein Glas Wasser? Eine Tasse Tee vielleicht oder Kaffee?«
Frau Lizzi wandte sich an die junge Verkäuferin. »Alles in Ordnung?«
Die zuckte mit den Schultern.
»Immerhin hat sich die Dame entschuldigt«, murmelte Frau Lizzi. »Das hätte ich ihr nicht zugetraut.«
Die Verkäuferin kicherte leise, blickte sich um, als sie sicher war, dass niemand zuhörte, flüsterte sie Frau Lizzi ins Ohr: »War mein Schutzengel da. Ist aber geheim, sehr geheim.«

Purzel trommelte begeistert mit seinen kleinen Fäusten auf Frau Lizzis Kopf.
»Schutzengel?«
»Ja, Schutzengel«, flüsterte die junge Frau. »Ich hab nur nicht gewusst, dass Schutzengel heutzutage grün sind.«
Der Filialleiter schnitt persönlich die Wurst für den Polizisten. Frau Sturm bestand darauf, beim Aufklauben der Scherben zu helfen.
Frau Lizzi ging nach Hause.
Während sie die Schuhe auszog, flog Purzel auf die Vorhangstange. Dort saß er mit gefalteten Flügeln und versuchte fromm dreinzuschauen. Was ihm nicht wirklich gelang.

»Wie lang warst du schon da?«, fragte Frau Lizzi, so streng sie konnte. »Du hättest ruhig früher eingreifen können!«
Purzel schnaubte und verdoppelte seine Bemühungen, wie ein Schutzengel auszusehen. Da-

bei wirkte er so komisch, dass Frau Lizzi laut auflachte. Purzel tat beleidigt.

»Im Ernst, Purzel, es war nicht schön von dir, dich darüber zu amüsieren, wie die Frau Kzlob-offzl die arme junge Verkäuferin zur Schnecke gemacht hat.«

Purzel rollte sich zu einer Schnecke zusammen und wackelte mit zwei Fingern über seinem Kopf. Frau Lizzi kochte endlich den Kaffee, den sie so dringend brauchte.

Als Hannes aus der Schule heimkam, erzählte sie ihm von den Ereignissen des Vormittags. Hannes zerkugelte sich. Kurz nach ihm erschien Professor Obermeier und Frau Lizzi musste noch einmal von Anfang an berichten.

»Ich sag's ja immer. Ohne Vamperl geht es nicht. Schließlich ist er der Vater. Höchste Zeit, dass er kommt. Ich werde mit Purzel einfach nicht fertig«, klagte Frau Lizzi. »Der Kerl findet alles nur komisch.«

»Er ist ein guter Kerl«, sagte Hannes. »Wenn es drauf ankommt, kann man sich auf ihn verlassen.«
Frau Lizzi nickte. »Aber manchmal dauert es lange, bis er kapiert, dass es drauf ankommt«, sagte sie. »Erst will er seinen Spaß haben.«
»Ist das so schlimm?«, fragte Hannes und bekam keine Antwort. »Und überhaupt«, fuhr er nach einer Weile fort, »hat er sich zur Belohnung eine Blutwurst verdient.«
Seufzend holte Frau Lizzi die Wurst aus dem Kühlschrank.
Während die Menschen eine Viertelstunde später beim Kaffee saßen und Frau Lizzis Apfelstrudel genossen, verschmierte Purzel Blutwurst über sein Gesicht, seine Hände und seinen Bauch. Er schmatzte und rülpste, und nach jedem Rülpser trommelte er auf seine Brust. Hannes grinste, was ihm einen strafenden Blick von Frau Lizzi eintrug, da begann Purzel Gesichter zu schneiden und Hannes musste erst recht la-

chen. Als Frau Lizzi über seine Tischmanieren schimpfte, zerkugelte Purzel sich vor Vergnügen, putzte sich wie eine Katze und flog schließlich auf Frau Lizzis Schoß.
»Das Problem ist«, sprach der Professor, »dass Sie schimpfen, wie unmöglich er ist, und ihm dabei die ganze Zeit Kopf und Rücken kraulen.«
Frau Lizzi schnaubte empört.
Die schrägen Sonnenstrahlen ließen die Fenster gegenüber golden aufleuchten und Frau Lizzi erzählte zum hundertsiebenten Mal davon, wie Vamperl in eben diesem Haus gegenüber einem Dieb Gift aus der Galle gesaugt hatte und damit das Leben von zwei Menschen so wunderbar verändert hatte.

> »Mein Vamperl trinkt nur Milch und mag kein Blut
> und macht die bösen Leute alle wieder gut!«,

summte sie vor sich hin.
Hannes nickte, der Professor nickte. Beide sangen mit ihr:

»Wenn einer tobt und schreit, was er kann,
dann flitzt mein Vamperl lautlos heran,
saugt ihm ein bisschen Gift aus der Gall' –
erledigt der Fall!
War er auch ein frecher Dieb
und dachte nur ans Rauben –
Vamperl, das kannst du mir glauben,
machte ihn freundlich und lieb.
Mein Vamperl trinkt nur Milch und mag kein Blut
und macht die bösen Leute alle wieder gut.«

Frau Lizzi seufzte tief.

»Ach ja«, sagte der Professor.

»Ach nein!«, äffte Hannes ihn nach. »Und was habt ihr am Sonntag zu Mittag gegessen?«

»Einen Tafelspitz«, sagte der Professor.

»Ein Naturschnitzerl«, sagte Frau Lizzi.

»Und?«, fragte Hannes.

»Und?« Das Echo kam zweistimmig.

»Seid ihr deshalb Mörder? Oder Tierquäler?«

»Gewiss nicht!«

»Natürlich nicht!«

»Eben«, sagte Hannes, als wäre damit alles erledigt.

»Aber wir sind auch keine Vampire! Ich meine, wir sind nicht von Natur aus … blutrünstig!«

»Und wer sagt, dass Purzel das ist?«

»Niemand!«, rief Frau Lizzi empört. »Purzel ist schon richtig und ich bin froh, dass wir ihn haben, es ist nur …« Sie verstummte.

Hannes stand auf, stellte sich vor Frau Lizzi und den Professor, sodass sie zu ihm aufblicken mussten. »Ihr könnt einfach nicht kapieren, dass Purzel nicht Vamperl ist. Purzel ist Purzel, und Vamperl ist Vamperl. Ich bin nicht mein Vater, und mein Vater ist nicht ich.«

Es war ganz still in der Küche. Lange.

Dann begann Purzel, zu klatschen und auf Frau Lizzis Schoß Purzelbäume zu schlagen. Er rutschte ab, breitete die Flügel aus und flog Hannes auf den Kopf. Mit spitzen Fingern zauste er ihm die Wuschelhaare.

»Weißt du, dass du ein sehr kluger Bub bist?«, fragte der Professor schließlich leise.

Hannes wiegte den Kopf hin und her. Frau Lizzi

machte ein strenges Gesicht und brummte: »Das weiß ich schon lange.«

»Sagen Sie das meiner Lehrerin! Oder meiner Mutter.«

»Später«, sagte Frau Lizzi. »Jetzt spielen wir Mensch-ärgere-dich-nicht.«

»Gute Idee«, sagte Hannes. »Oder Mikado. Da verlieren wir wieder.«

»Wollen Sie sich wirklich ärgern?«, fragte der Professor. »Es gibt ohnehin viel zu viele Dinge auf der Welt, über die man sich ärgern muss.«

Frau Lizzi stand auf und holte die Spieleschachtel aus der Lade. »Eben deshalb will ich spielen! Es ist schon erstaunlich, dass gerade besonders kluge Leute manchmal so grottendumm sein können.«

Hannes grinste. »Das heißt grottenschlecht, nicht grottendumm.«

»Grottenschlecht ist er aber nicht, nur grottendumm. Und urlieb.« Sie war sehr mit sich zufrie-

den. Sie lernte nicht nur Englischvokabeln mit Hannes, fand sie.
Der Professor raufte sich die Haare und verstand nicht, dass sie ihm soeben eine Liebeserklärung gemacht hatte. Aber das war sein Problem, nicht ihres.
Frau Lizzi hatte schon alle vier Steine auf dem Brett, bevor der Professor seinen ersten Sechser würfelte.«
»Na endlich«, sagte sie.

Ein Purzel ist ein Purzel

Erst am nächsten Freitag keuchte der Briefträger in den zweiten Stock und brachte Frau Lizzi eine total zerknüllte Karte. Sie fiel dem Mann um den Hals und fing an zu weinen.
Er klopfte ihren Rücken und brummelte beruhigend. »Na, na, was ist denn, was haben Sie denn, ist schon wieder gut, setzen Sie sich doch, wollen Sie ein Glas Wasser?«
Frau Lizzi schüttelte den Kopf und entschuldigte sich immer wieder. »Tut mir leid! Sie müssen ja glauben, die Alte ist verrückt geworden …«
»Aber Frau Lizzi, wir kennen uns doch schon seit mehr als dreißig Jahren …«
»Eben«, sagte sie. »Eben. Darum möchte ich es Ihnen ja erklären. Es war nur … also ich hab mir Sorgen gemacht, dass mein Vamperl in Schwierigkeiten ist, verstehen Sie, und dass ich nichts für ihn tun kann. Ich will ja nur wissen, dass es

ihm gut geht, mehr brauch ich nicht. Manchmal wache ich auf mitten in der Nacht und glaub, ich hör ihn fiepen.«

»Ja«, sagte der Briefträger. »Mein Bub, der Kevin, ist auch seit sechs Wochen unterwegs und ich höre nichts von ihm. Meine Schwester behauptet zwar immer, wenn wir nichts hören, geht es ihm gut, und schlechte Nachrichten kommen

ohnehin zu früh, sagt sie, aber mich macht's krank.«

Frau Lizzi stellte die Espressomaschine auf den Herd. »So viel Zeit haben Sie doch?«

»Eigentlich nicht«, sagte er, setzte sich aber im selben Augenblick und streckte die Beine weit von sich. »Können Sie sich vorstellen, wie das ist, allen Leuten Briefe zu bringen, treppauf, treppab, und nur für mich gibt's keine Post?«

Frau Lizzi nickte und schnitt ein Stück vom Apfelkuchen ab. Während der Kaffee blubberte, setzte sie die Brille auf und nahm die Karte in die Hand. Beinahe jedes Wort war zweimal durchgestrichen. »So ein Geschmiere! Das kann doch kein Mensch lesen.« Sie hielt dem Briefträger die Karte hin. »Glauben Sie, das soll ›Zwillinge‹ heißen?«

Nach längerem Studium meinte er: »Ich glaube, Sie haben recht. Aber es muss nicht sein. Eindeutig ist nur ›ling‹. Könnte ja auch ein Engerling sein. Schmetterling eher nicht.«

»Eher nicht«, bestätigte Frau Lizzi.
Klar und deutlich stand da viermal »wir«, auch »und« war ohne Schwierigkeiten zu lesen. Eine große Hilfe war das allerdings nicht.
»Und gerade heute muss der Professor zum Zahnarzt«, sagte Frau Lizzi. »Wenn man die Leute braucht, sind sie nicht da.«
Der Briefträger war ganz ihrer Meinung. »So ist das Leben. Da kann man gar nichts machen.«
Er trank seinen Kaffee aus, sammelte die letzten Brösel vom Teller, bedankte sich und ging.
Purzel war die ganze Zeit völlig reglos auf der Vorhangstange gesessen. Jetzt stürzte er sich auf die Karte, drehte sie hin und her und fiepte ärgerlich.

Als Hannes aus der Schule kam, war die Karte so zerknittert, dass Frau Lizzi sie in der Hand zerknüllte und in die Ecke feuerte.
Purzel flitzte vom Vorhang zur Tür, kreiste um

die Lampe, trommelte an die Fensterscheiben. Seine Krallen machten dabei ein Geräusch, das Frau Lizzi in den Ohren wehtat.

»Gehen wir ein bisschen spazieren«, schlug sie vor. »Es ist ja nicht auszuhalten in der Wohnung. So eine Unruhe!«

Purzel machte einen Handstand auf der Gardinenstange. Er rutschte ab, krallte sich am Vorhang fest. Der dünne Stoff riss krachend. Frau Lizzi hielt sich die Ohren zu. Purzel flatterte zu ihr hin. Frau Lizzi scheuchte ihn weg.

Hannes schnalzte leicht mit der Zunge. Purzel flog auf seinen Kopf, vergrub sich in seine Haare, legte eine Strähne über sein Gesicht und fing an zu schnarchen.

Unterwegs wollte Frau Lizzi Hannes wieder einmal Englischvokabeln prüfen.

»Aber heute doch nicht!«, wehrte sich Hannes.

»Wieso?«

»Weil ich heute dran war und alles gewusst habe. Die Englisch-Miss sagt, wenn ich so weiterma-

che, könnte es passieren, dass sie mir einen Einser geben muss.«
»Wirst du das aushalten?«, fragte Frau Lizzi.
»Ich kann mich ja bemühen«, meinte Hannes.
Frau Lizzi gab ihm einen Klaps auf die Hand. »Manchmal denke ich, du bist genau so frech wie Purzel.«
Sie drehten eine Runde durch den Park. Purzel wachte auf. Sooft ihnen jemand begegnete, streckte er den Kopf heraus, machte Faxen und verschwand sofort wieder blitzschnell. Die Leute blieben stehen, fuhren sich über die Augen und schüttelten die Köpfe.
»Was haben die alle?«, fragte Frau Lizzi.
Hannes konnte sich recht gut vorstellen, was Purzel trieb, aber er sagte nichts.
Auf dem Spielplatz rauften zwei Buben. Der Größere hatte den Kleineren im Schwitzkasten. Der Kleine war knallrot im Gesicht.
»Purzel, es gibt Arbeit«, flüsterte Frau Lizzi.
Purzel beugte sich weit vor, um besser zu sehen.

Als sich der Kleinere mit einer schnellen Bewegung aus der Umklammerung wand, hüpfte Purzel auf und ab und klatschte. Die beiden Buben standen jetzt vielleicht zwei Meter voneinander entfernt mit gesenkten Köpfen und geballten Fäusten und starrten einander an.
»Purzel!«, flehte Frau Lizzi.
Purzel wedelte mit den Armen wie ein Zuschauer, der seinen Favoriten anspornen will.
»Purzel!« Jetzt klang Frau Lizzi ärgerlich. »Wenn du nicht sofort …!«
Hannes zupfte sie am Ärmel. »Es ist nicht immer gut, wenn sich die Großen einmischen«, sagte er.
Frau Lizzi schüttelte ihn ab. »Du willst doch nicht behaupten, dass Purzel ein Erwachsener ist?«
Ein Windstoß erfasste ihren Hut und trieb ihn in großen Sprüngen über die Wiese. Hannes rannte dem Hut nach. Purzel geriet ins Rutschen, im letzten Augenblick stieß er sich ab und flog auf Frau Lizzis Kopf.

Die beiden Buben schauten auf. Da sahen sie Purzel, der ihnen freundlich zuwinkte und dann mit einem perfekten Salto von Frau Lizzis Kopf auf ihre Schulter und wieder zurück auf ihren Kopf sprang.
Die Buben klatschten begeistert und liefen auf Frau Lizzi zu. Knapp vor ihr blieben sie stehen und scharrten mit den Füßen.
Der Größere fragte sehr höflich: »Dürfen wir Ihren Roboter anschauen? Der ist ja urcool!«
Purzel grunzte empört, stieß sich ab, flog dem

Buben auf die Schulter und riss an seinem Haarschopf. Der Bub quietschte auf.

»Lass das!«, rief Frau Lizzi. »Hör sofort auf!«

Hannes kam mit dem Hut in der Hand angetrabt.

»Stellen Sie ihn doch ab!«, jaulte der Bub. »Der reißt mir noch alle Haare aus!«

»Den kann man nicht abstellen«, keuchte Hannes. »Weil er nämlich kein Roboter ist, du Schwachkopf.«

Purzel nickte heftig. Er ließ das Haarbüschel los, flatterte zu Hannes und kuschelte sich auf seinen Wuschelkopf.

»Was ist er dann?«, fragte der kleinere Bub.
»Ein Purzel«, sagte Hannes.
»Und was ist ein Purzel?«
Hannes musterte die Buben. »Ein Purzel ist ein Purzel. Das sieht ein Blinder!«
»Aha!«, sagte der Größere und nickte, obwohl er sich genauso wenig auskannte, das aber nicht zugeben wollte.
»Ich seh nix!«, widersprach der Kleinere.
»Dann brauchst du eine Brille«, erklärte Hannes.
Frau Lizzi schüttelte den Kopf. »So geht das nicht!«
Der Größere machte einen Schritt auf Hannes zu. »Du traust dich eh nicht!« Er spuckte aus.
»Wer traut sich nicht?«
Frau Lizzi murmelte: »Eis beruhigt die Gemüter.« Laut fragte sie nach den Namen der beiden.
»Ich heiße Max. Die halbe Portion ist der Kolja. Warum wollen Sie das wissen?«
Frau Lizzi schüttelte den Kopf. »Weil es zu den Regeln gehört! Vor einem Zweikampf müssen

sich die Gegner immer vorstellen, sonst gilt er nicht. Lernt ihr denn gar nichts mehr in der Schule?«

Max sah verlegen drein. Hannes bemühte sich, nicht zu grinsen. Purzel hüpfte Hannes auf den Kopf und flocht drei dünne Strähnchen zu einem Zopf über seinem rechten Ohr. Als Frau Lizzi das sah, bekam sie nasse Augen. Genau das hatte Vamperl auch immer getan. War es wirklich schon so lange her?

Eine Viertelstunde später saßen sie zu viert im Eissalon.

»Sie haben's gut«, sagte Kolja. »Mit so einem Purzel kann einem gar nicht langweilig sein.«
Frau Lizzi hob die Hände und ließ sie fallen. Manchmal, dachte sie, wäre so ein Stück gepflegter Langeweile genau das, was sie brauchte. Sie könnte zum Beispiel in ihrer Küche sitzen und in aller Ruhe die Zeitung lesen.
Max hielt Purzel einen Finger hin, Purzel machte Klimmzüge daran. »In die Schule müssten wir ihn mitnehmen. Der kann noch besser Faxen schneiden als der Till in unserer Klasse.«
Hannes schob sein Kinn vor. »Ihr habt ja keine Ahnung, was er alles kann. Wenn er will.«
Purzel flog Hannes auf den Kopf und versuchte einen Handstand, rutschte aus und fiel Kolja vor die Füße. Der hob ihn auf und fing gleich an zu zappeln und zu kichern. »Uff, wie das kitzelt!«
»Aber jetzt will ich wissen, was er sonst noch kann«, sagte Max.
Hannes stand auf. »Nächstes Mal. Ich muss

ganz schnell heim, meine Mutter dreht durch, wenn ich zu spät komme.«

»Seid ihr morgen wieder her?«, fragte Kolja.

Hannes zog die Schultern hoch und wackelte mit dem Kopf. »Kann sein.«

Unterwegs fragte Frau Lizzi: »Warum spannst du die beiden so auf die Folter? Ich finde sie echt nett.«

»Sie sagen doch immer, man muss warten lernen im Leben!«

Frau Lizzi gab ihm einen Nasenstüber. »Du und Purzel – von euch würde ich graue Haare kriegen, wenn ich sie nicht schon hätte. Wieso mag ich euch dann so sehr?«

Drei Buben und ein Purzel

Frau Lizzi stellte die schwere Einkaufstasche auf den Küchentisch und seufzte erleichtert. Noch bevor sie die Schuhe ausgezogen hatte, klopfte Frau Maringer und begann sofort zu reden.

»Meine Schwester aus Hamburg kommt zu Besuch. Sie wissen doch, die, die immer alles besser weiß. Aber wenn sie einmal Ihren Gugelhupf gekostet hat, liebe Frau Lizzi, wird sie mich nie wieder schief anschauen. Ich brauche dringend das Rezept. Sie wissen schon, welches ich meine.«

»Oje«, sagte Frau Lizzi. »Ich habe nämlich kein Rezept, ich mach den Gugelhupf immer nur nach Gefühl.«

Frau Maringer erklärte, sie könne durchaus verstehen, dass Frau Lizzi dieses besondere Rezept geheim halten wollte.

»Aber überhaupt nicht!«, wehrte sich Frau Lizzi.

»Wenn ich ein Rezept hätte, könnten Sie es gern haben. Ich hab's von meiner Oma gelernt, die hat auch nur aus dem Bauch gekocht. Wir können ja probieren, vielleicht kriegen wir's hin. Also vier Eier, ein Achtel Butter oder so und eine Handvoll Zucker ...«

Frau Maringer unterbrach sie. »Ihre Hand oder meine? Meine Hände sind nämlich viel kleiner.«

Purzel hing kopfüber an der Vorhangstange, zog Fäden aus dem Stoff und ließ sie auf Frau Maringers Kopf fallen.

»Zuerst schlagen Sie die Eier mit Zucker und Butter schön schaumig, dann geben Sie das Mehl dazu«, fuhr Frau Lizzi fort. »Löffelweise.«

»Wie viel Mehl?«

»Na, so viel es braucht«, sagte Frau Lizzi. »Ei ist auch nicht gleich Ei, verstehen Sie?«

Frau Maringer runzelte die Stirn, ihre Nasenlöcher weiteten sich. Purzel äffte jede Bewegung nach. Frau Lizzi kämpfte mit dem Lachen.

»Wissen Sie was?«, schlug sie vor. »Wir backen

den Gugelhupf einfach miteinander, dann sehen Sie selbst, wie's geht.«

»Stört es Sie, wenn ich alle Zutaten abwiege?«, fragte Frau Maringer. »Ich hab's gern genau und ordentlich.«

»Ja«, sagte Frau Lizzi. »Das hab ich mir fast schon gedacht. Sie müssen aber Ihre eigene Waage mitbringen. Ich habe nämlich keine.«

Frau Maringer fiel es schwer zu glauben, dass ein Mensch ohne Waage überhaupt kochen konnte. Es fiel ihr auch schwer hinunterzuschlucken, was ihr auf der Zunge lag. Dass nämlich Frau Lizzi in ihren Augen ziemlich schlampig und unordentlich war. Man musste nur ihre Fenster ansehen, die gehörten dringend geputzt.

Als Frau Maringer endlich gegangen war, lachte Frau Lizzi los, bis sie Schluckauf bekam. »Ich glaube, die hat jedes Staubkörnchen auf unserem Küchenboden gezählt«, sagte sie zu Purzel. »Pass nur auf, sie wäre imstande, sogar dich ordentlich zu machen.«

Purzel schüttelte sich.
Der Kaffee war noch nicht fertig, als es schon wieder klopfte. Der Briefträger wedelte triumphierend mit einer Karte. Frau Lizzi setzte die Lesebrille auf.

WIR HABEN EINE NURINE FOLL SCHÖNSTER SPINEBEN GEFUNDEN UND KRIGEN 1 NEUES KINT ODER 2. KÖNNEN NICHT WEG. EHRLICH. KOMMT DOCH ZU UNS. PLAZ GENUG.
VAMPERL MIT VAMILI

»Tja«, sagte Frau Lizzi und reichte dem Briefträger die Karte. »Immerhin leserlich, aber irgendwie …«
»Tja«, sagte der Briefträger. »So ist es. Kaum hat einer ein Haus, will er nicht mehr weg. Ich kenn das von mir selber, seit ich den Schrebergarten habe …«
Frau Lizzi hörte nicht richtig zu. Im Augenblick interessierte sie kein Schrebergarten und kein

Briefträger. Sie war froh, dass er sich bald verabschiedete.
Vamperl kommt also nicht, dachte Frau Lizzi. Hat er nicht kapiert, dass ich ihn brauche? Sie drehte die Karte hin und her, las sie noch einmal und noch einmal. Vamperl mit Vamili. Gehörte Purzel denn nicht zur Familie? Hatten sie ihn schon vergessen?
»Und mich?«, murmelte sie. »Mich haben sie auch vergessen, glaub ich. Dabei war ich doch so etwas wie eine Oma für die ganze Familie.«
Purzel sprang von seiner Vorhangstange und krabbelte mit seinen kleinen Fingern ihren Nacken auf und ab, bis sie endlich lächelte. »Weißt du was?«, sagte sie laut. »Es muss ohne Vamperl gehen.«
Purzel pustete in ihren Nacken.
Frau Lizzis Blick fiel auf die Uhr. »Purzel!«, rief sie, »Hannes kommt in zwanzig Minuten aus der Schule und ich hab kein Essen für ihn.«
Purzel fasste sich an den runden Bauch, machte

ein jämmerliches Gesicht und fiepte erbärmlich. Frau Lizzi schnipselte Zwiebeln und Tomaten und stellte einen großen Topf Wasser auf.
Nach dem Essen reichte sie Hannes die Karte und holte zwei Becher aus der Küchenkredenz. Erst als sie den Kaffee einschenkte, sah sie, welche Becher sie erwischt hatte. »Trautes Heim – Glück allein« stand auf dem einen und »Bleibe im Lande und nähre dich redlich« auf dem anderen.

»Ich hätte gute Lust, die Becher an die Wand zu schmeißen«, sagte sie.
Hannes brummte. »Hauptsache, er hat seine

Burg und seine Spinnweben. Was hier passiert, ist ihm so was von egal!«

Frau Lizzi nickte, schüttelte den Kopf, nickte, schüttelte den Kopf … Purzel nickte und schüttelte mit, bis Frau Lizzi vor lauter Nicken und Schütteln schwindlig wurde und sie sich mit beiden Händen am Tisch festhalten musste.

»Und jetzt?«, fragte sie eine Weile später.

»Jetzt gehen wir in den Park«, sagte Hannes. »Schon vergessen? Wir haben es versprochen.«

»Versprochen nicht gerade«, sagte Frau Lizzi.

»Wenn nicht gerade, dann eben schief«, sagte Hannes.

Purzel machte es sich zur Abwechslung in der Kapuze von Hannes' Pullover bequem. Er schaukelte darin wie in einer Hängematte.

Frau Lizzi wunderte sich, wie schwer ihre Beine heute waren und wie steil der Weg zum Park.

Vor dem Eingang standen drei Jungen und machten sich über Hannes lustig. »Schau dir das an! Ein Omabubi!«

Einer stellte Hannes ein Bein. Hannes verlor das Gleichgewicht, fiel auf ein Knie.

Frau Lizzi stand wie versteinert.

Plötzlich schrie einer von den Buben auf. Max und Kolja hatten sich unbemerkt von hinten angeschlichen und je einen Jungen in den Schwitzkasten genommen. Die begannen, erbärmlich zu jammern, während sich der Dritte offenbar verwirrt nach links und rechts drehte.

Hannes rappelte sich auf und machte einen

Schritt auf ihn zu, da duckte sich der andere und rannte davon.
»Schade«, sagte Hannes. »Jetzt hätte ich so richtig Lust, zu raufen.«
Frau Lizzi musterte ihn von oben bis unten. »Ich hab dich nie für einen Schläger gehalten.«
»Bin ich nicht! Aber deshalb muss ich mir noch lange nicht alles gefallen lassen.«
Purzel krabbelte an den Rand der Kapuze, flatterte hinüber zu Max, setzte sich auf seine Schulter und fiepte laut.
Frau Lizzi fuhr sich mit der Hand übers Gesicht. »Es ist eine Schande«, brummte sie. »Eine regelrechte Affenschande. Wie ein Stock bin ich dagestanden und hab nichts getan.« Sie wandte sich an Kolja und Max. »Ihr wart toll. Danke.«
»Passt schon«, sagte Kolja.
Max wand sich und zappelte wild, weil Purzel in sein Ohr blies. Er konnte nur nicken.
Kolja erinnerte Hannes daran, dass er versprochen hatte, zu erzählen, was Purzel alles konn-

te. Daraufhin flog Purzel auf Frau Lizzis Kopf, stellte sich mit hochgerecktem Kinn und einer Hand auf der Brust in Positur und bemühte sich, kühn zu blicken.

»Wir könnten ums selbe Geld sitzen, wie wir stehen können«, sagte Frau Lizzi und steuerte eine Bank an.

Kolja und Max waren gute Zuhörer. Hannes und Frau Lizzi gerieten immer mehr in Fahrt, fuhren einander ins Wort und konnten gar nicht aufhören, von Vamperls Abenteuern zu erzählen. Purzel zog inzwischen alle Nadeln aus Frau Lizzis Haarknoten, putzte sich die Nägel und knabberte an seinen Flügelspitzen.

»Moment«, unterbrach Kolja, »ihr wolltet doch von Purzel erzählen, und ich höre nur Vamperl, Vamperl, Vamperl.«

Purzel schmatzte ihm einen Kuss auf die Wange. Frau Lizzi schaute schuldbewusst drein.

Hannes kratzte sich ausgiebig am Kopf. Endlich sagte er: »Vielleicht ist es, weil ihr beide … Also, ihr habt eigentlich genau das getan, was Vamperl immer getan hat, versteht ihr? Darum haben wir so viel an ihn denken müssen.«

Max zuckte mit den Schultern. »Aber jetzt fang endlich an mit dem Purzel.«

Frau Lizzi saß da und wunderte sich sehr über die Gedanken, die in ihrem Kopf hin und her schossen und seltsame Funken sprühten. Es gelang ihr nur nicht, einen davon zu erwischen und festzuhalten.

»Ich glaube, ihr beide seid Ehrenvamperln«, sagte sie zu den Buben. Kolja schüttelte sich. »Also Gift aus Gallen saugen wäre nicht meins.«

Max grinste. »Ich hab noch nie Galle gekostet, aber ich muss nicht alles haben.«

Purzel blies Spuckeblasen. Dann gähnte er.

Als Frau Lizzi von Purzels Heldentaten im Supermarkt erzählte, war er sofort hellwach. Er schlug ein paar Purzelbäume und fiepte so laut, dass ein paar Leute herüberschauten.

Plötzlich entfaltete er seine Flügel, sprang auf

die Füße und flog weg. Hannes sauste hinter ihm her.
Frau Lizzi begann ebenfalls zu laufen.
Auch Max und Kolja stürmten los, jeder in eine andere Richtung.
Kolja war es, der Purzel endlich auf dem Spielplatz fand.
Purzel saß auf dem linken Knie eines kleinen Mädchens mit von Rotz und Tränen verschmiertem Gesicht. Er drückte seine Finger an die gespreizten Fingerchen des Mädchens, das gleichzeitig schluchzte und lachte. Er schnitt die wildesten Grimassen.
Kolja pfiff auf zwei Fingern und lief wieder los, um die anderen zu suchen. Frau Lizzi lehnte vornübergebeugt und völlig atemlos an einem Baum. Kolja berichtete, was er gesehen hatte, und führte sie zum Spielplatz.
Frau Lizzi bekam nasse Augen, als sie sah, wie Purzel und die Kleine hin und her schaukelten und kicherten.

Bald kamen auch Hannes und Max angetrabt. Dann standen sie alle vier und schauten Purzel und der Kleinen zu. Nach ein paar Minuten zog Frau Lizzi ihr Taschentuch heraus und ging zum Brunnen. Als sie mit dem nassen Tuch Rotz und Tränen abzuwischen versuchte, begann die Kleine wieder zu schreien.

Purzel stupste Frau Lizzis Hand weg und knurrte.

Da kam eine junge Frau gelaufen, riss das Kind an sich, brüllte Frau Lizzi an und zückte ihr Handy. Sie versuchte, die Polizei zu rufen, wählte aber immer wieder eine falsche Nummer. Ihr Blick fiel auf Purzel, kreischend holte sie zum Schlag aus, er duckte sich weg und sie klatschte nur in ihre eigenen Hände.

»Purzel«, flehte Frau Lizzi, »bitte, Purzel!«

Purzel schüttelte sich und stieß seine spitze Schnauze in den Bauch der jungen Frau. Gleich darauf spuckte er im hohen Bogen aus, flog zum Brunnen und spülte sich den Mund aus.

Die junge Frau senkte den Kopf und murmelte: »Entschuldigung! Es ist mir so peinlich …«

Minuten später saßen die junge Frau und Frau Lizzi nebeneinander am Rand der Sandkiste. Purzel und das kleine Mädchen nahmen ihr Fingerspiel wieder auf. Die drei Buben machten Klimmzüge am Kletterturm.

Die junge Frau hatte zum ersten Mal auf ihre Nichte Lina aufgepasst. Während sie »wirklich nur eine Minute« mit einer Freundin redete, war die Kleine verschwunden. »Ich habe gedacht, Sie hätten das Kind entführt«, sagte sie. »Meine Schwester hätte mich umgebracht.«

»Schon gut«, murmelte Frau Lizzi erschöpft.

»Was ist denn das für eine Puppe, mit der Lina spielt? Ich habe doch tatsächlich geglaubt, das wäre ein Vampir. Man könnte meinen, es wäre lebendig.«

Frau Lizzi straffte sich. »*Das* ist keine Puppe, das ist überhaupt kein Das, das ist Purzel.« Sie stand auf.

Ihre Knie knickten unter ihr ein. Sie fühlte sich wackelig. »Hannes, Purzel, wir gehen.«
»Sie sind mir nicht mehr böse?«, fragte die junge Frau.
»Nein, aber hundemüde!« Frau Lizzi wandte sich zum Gehen, drehte sich wieder um und verabschiedete sich von Max und Kolja. »Ich hoffe, wir sehen uns wieder«, sagte sie.

»Sowieso!« Die beiden liefen davon.
Purzel gab Lina einen zärtlichen Nasenstüber, dann ein Zwickerbussi und drei Küsse auf jede Wange. Sie schniefte ein bisschen, dann winkte sie und Purzel winkte zurück.

Darf man gratulieren?

Auf dem Heimweg kaufte Frau Lizzi eine dicke Scheibe Blutwurst für Purzel.

»Er muss doch den Geschmack der Galle loswerden. Was kann er dafür, dass sie ihm nicht schmeckt?«, sagte sie zu Hannes. »Ich hätte Max und Kolja auf ein Eis einladen müssen. Warum hab ich nicht daran gedacht? Ich werde wirklich alt. Ihr drei wärt ein tolles Gespann.«

»Eine Viererbande«, verbesserte Hannes. »Drei Buben und ein Purzel. Er mag die beiden.«

»Na klar«, sagte Frau Lizzi.

Professor Obermeier wartete schon lange mit einem bunten Blumenstrauß, einer Bonbonniere und einer Flasche Sekt vor dem Haustor.

Frau Maringer kam gerade mit Bello zurück vom Abendspaziergang.

»Oh!«, flötete sie. »Darf man gratulieren?«

In dem Moment erreichte Frau Anna von Flocki gezogen das Haus und von der anderen Seite kam Frau Müller angehetzt.
Als wären sie eingeladen worden, folgten alle Frau Lizzi in die Küche. Hannes musste zwei Stühle von oben holen.
»Liebe Frau Lizzi …«, begann Professor Obermeier.
Frau Lizzi tätschelte seinen Arm. »Lieber Professor …«
»Willibald!«, flehte der Professor.
»Lieber Willibald, wie oft hab ich Ihnen schon gesagt …«
Er senkte den Kopf und legte sein Gesicht in traurige Falten.
»Morgen bekommen Sie den Apfelstrudel, und glauben Sie mir, ich hab Sie sehr gern! Ich freue mich, wenn wir uns sehen, aber es wäre doch wirklich kein Platz für zwei Leute in meiner kleinen Wohnung.«
»Meine Wohnung ist viel zu groß«, sagte er.

»Eben. Viel zu groß. Das wäre nichts für mich, und übrigens wäre es schade, wenn der Sekt warm würde.«

Frau Müller, Frau Anna und Frau Maringer blickten angestrengt aus dem Fenster und taten, als wollten sie gar nicht zuhören.

Frau Lizzi wandte sich an Frau Müller. »Könnten Sie … könnten Sie sich vorstellen, dass Purzel bei Ihnen wohnt?«

Die Verwirrung in Frau Müllers Gesicht sah so komisch aus, dass Hannes laut herauslachte.

»Purzel?«, fragte sie. »Wer bitte ist Purzel?«

»Vamperls Sohn«, erklärte Hannes. »Es ist nämlich so …« Es gelang ihm nicht ganz, die Ereignisse der letzten Zeit so zu erklären, dass Frau Müller sich auskannte, obwohl sie sich redlich bemühte und viele Zwischenfragen stellte.

Schließlich zuckte sie mit den Schultern. »Ich glaube, ich habe keine andere Wahl!« Sie bemühte sich, dabei ein strenges Gesicht zu machen, aber es gelang ihr nicht ganz.

Hannes nickte heftig und flüsterte Purzel zu: »Morgen nehme ich dich mit in die Schule!«

»Willibald, haben Sie den Sekt vergessen?«, fragte Frau Lizzi.

»Willibald, sie hat Willibald gesagt«, wiederhol-

te Professor Obermeier immer wieder. Er schlug beide Hände auf seine Brust und strahlte.

Purzel flog ein paar Runden um die Köpfe der beiden und schmatzte Küsschen in die Luft.

Behutsam öffnete der Professor die Sektflasche. Der Korken knallte gegen die Wand.

»Darf man gratulieren?«, fragte Frau Maringer zum zweiten Mal.

»Ja«, sagte Frau Lizzi, »man darf.«

Der Professor goss den Sekt zu schnell ein, Schaum quoll aus den Gläsern.

»Wie schön!«, rief Frau Anna und wischte eine Träne aus dem Augenwinkel. »Ich liebe Hochzeiten!«

Frau Lizzi winkte ab. »Also von Heiraten war nicht die Rede.«

»Man muss warten lernen«, sagte Hannes mit ernster Miene.

Frau Lizzi gab ihm einen Nasenstüber.

Inhalt